Ein deutsches Mädchen

Mein Leben in einer Neonazi-Familie

Heidi Benneckenstein

ネオナチの少女

ハイディ・ベネケンシュタイン＝著

平野卿子＝訳

筑摩書房

ネオナチの少女

目次

本書に登場する主な団体名・地図

国家民主青年団　Junge Nationaldemokraten（ＪＮ）
ドイツ愛国青年団　Heimattreue Deutsche Jugend（ＨＤＪ）
ドイツ国家民主党　Nationaldemokratische Partei Deutschlands（ＮＰＤ）
ドイツ民族同盟　Deutsche Volksunion（ＤＶＵ）
ドイツのための選択肢　Alternative für Deutschland（ＡｆＤ）
国家社会主義地下組織　Nationalsozialistischer Untergrund（ＮＳＵ）
愛国青年同盟　Bund Heimattreuer Jugend（ＢＨＪ）
バイキング・ユーゲント　Wiking Jugend（ＷＪ）
ペギーダ　PEGIDA
自治国家主義者　Autonome Nationalisten（ＡＮ）
右翼党　Die Rechte
第三の道　Der dritte Weg

なお、ネオナチとは第二次世界大戦後のナチズムの信奉者を指すが、ドイツの場合、統一後に旧東ドイツで起きた移民や難民の襲撃に代表される、体制に不満を抱く極右の若者を思い描く人が少なくない。著者ハイディは、彼らとは異なり、幼いときから徹底的な思想教育を施された、いわば〈正統派のナチ〉といってよく、本文中に「ネオナチ」と「ナチ」の表記が混在するのは、著者のそのような意識によるものである。

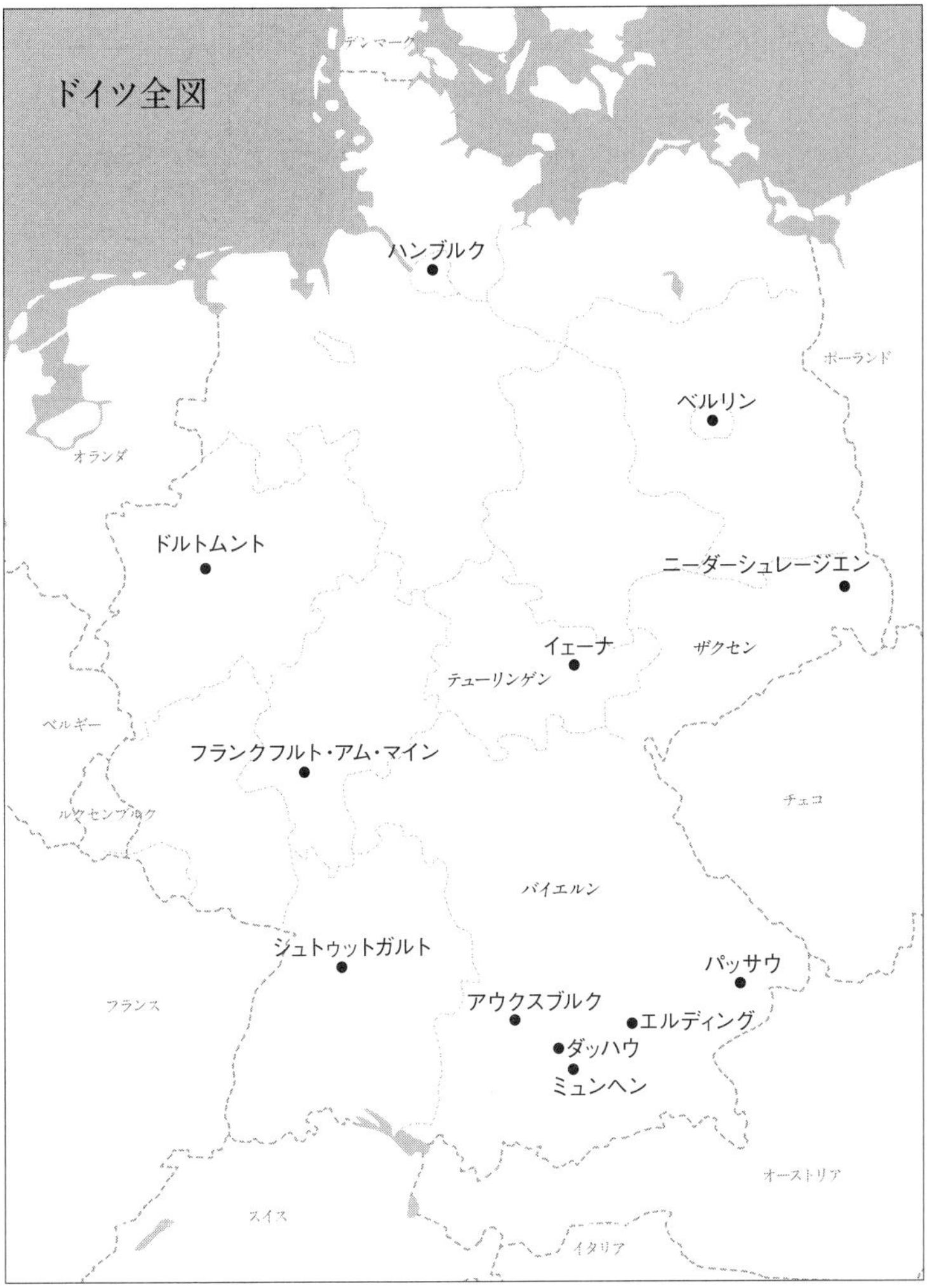
ドイツ全図
デンマーク
ハンブルク
ポーランド
ベルリン
オランダ
ドルトムント
ニーダーシュレージエン
イェーナ
ザクセン
テューリンゲン
ベルギー
フランクフルト・アム・マイン
チェコ
ルクセンブルク
バイエルン
シュトゥットガルト
パッサウ
フランス
アウクスブルク
エルディング
ダッハウ
ミュンヘン
オーストリア
スイス
イタリア

第一章

ふたりの私

一八歳まで私はナチだった

私は二四歳。名はハイドルーン。友だちはハイディと呼ぶ。夫と息子、そして犬と暮らしている。私が心から愛している家族だ。大好きな仕事もある。住まいはミュンヘン。ドイツの中でもとびきり豊かな町だ。家から一歩出れば、カフェにいる学生やガイドブックを手にした観光客の姿が見える。

住まいは広くはないけれど、気に入っている。毎日は楽しい。私は保育士をしていて、毎朝市電の停留所にひっそりと立っている。声は小さく、背はどちらかといえば高いほうだ。痩せ型でブロンドの髪は中くらいの長さ、ジーンズにスニーカー。そんな私を見ても、人は何も思わないだろう。いま目の前にいる人間は、実は数年前に生まれ変わったのだなどと夢にも思わないだろう。ようやくいま、胸を張って生きていかれるようになったなどとは。そのために何年ものあいだ必死に闘ったなどとは――そう、それでいい。

この何年間か、一八歳までの日々を始終思いかえしていたので、どの場面も映画の一コマのように思い浮かべることができる。

それまでの私の人生はあまり楽しいものではない。傷つき、苦しみ、衝撃を受け……ほとんどは不愉快な記憶だ。

人影が見える。ぞっとするような顔がぼんやりと見える。軍服や松明《たいまつ》、ハーケンクロイツも。それからやせっぽちの女の子も。その子はあるときは不安にかられ、あるときは怒っている。それからうつむく。そのどれもが私だ。私にはどんなときもあった。ただ幸せなときだけはなかった。一度だって心が安らかだったことはなく、守られていると感じたこともなかった。だから、三年前、それまでの人生を一切合切箱に入れて祖母の家の屋根裏にしまいこんだ。もう見るのも嫌だった。

＊＊＊

一年前、それでももう一度屋根裏部屋へ上り、箱を取り出して埃《ほこり》を払い、中にあるものに目を通した。本も、手紙も、ハガキも全部。つらい作業だったけれど、この本を書くためにはそうしなければならなかった。嫌なことも、恐ろしいことも含め、子ども時代や一〇代の思い出を隠さず明るみに出すことでしか一人目の私を封印することはできない。そう、過去と決別するためには、それらともう一度しっかり向き合わなければならなかったのだ。

箱を開ける。一番上に載っていたのは、ドイツやフラマン［ベルギーのフランドル地方とそれに隣接するフランスの一部］、スカンジナビアの若者のための歌集だ。これは本というより小冊子と言ったほうがよく、縁《ふち》がすりきれていて、ページがところどころ抜け落ちていた。

次に出てきたのはたくさんの手紙やハガキ、それから国家民主青年団とドイツ愛国青年団（以下、愛国青年団）の案内状。宛名はハイドルーン・レーデカー、つまり私だ。記憶が蘇り、さまざまな場面が次々と浮かんでくる。次に出てきたのは、極右政党であるドイツ国家民主党（以下、国家民主党）とドイツ民族同盟のビラだ。「ドイツはドイツ的であれ！」とある。ショッピングモールでにっこり微笑みながらこれを配ったときのことはよく覚えている。

アーリアン系確認証もあった。これは羊皮紙まがいの小冊子で、名前、生年月日、両親、祖父母、曽祖父母の宗派が記されている。几帳面に並んだ子どもっぽい字。いつチェックされてもいいようにと、幼い私は一生懸命書いたに違いない。扉にはこうある。「父祖を忘れぬ者は幸いなり」

Tシャツが二枚出てきた。ひとつには「児童虐待者には死を」、もうひとつには、「鉄を創られた神は僕《しもべ》を望まれなかった」と記されている。これは一八一二年に書かれたエルンスト・モーリッツ・アルント〔一七六九‐一八六〇。ドイツの愛国詩人、歴史家〕の『祖国の歌』の最初の部分だ。右翼のロックバンド「シュタールゲヴィッター」や「ラントサー」、「ギギ&ディ・ブラウネン・シュタットムジカンテン」のCDもあった。ギギといえば、二、三年前にマスコミを大いに賑わした。二〇一〇年、つまり国家社会主義地下組織による連続殺人が発覚する一年も前に、「ケバブの殺人者」という歌でその事件を讃えたのがほかならぬこのギギだったからだ。

いまこの歌詞を読むと、いかに正確にあの事件を言い表しているかがわかって慄然《りつぜん》とする。

彼はすでに九回しとめた
特別捜査室ボスポラスはパニクり
デカは必死に駆けずり回る
血の跡。だが誰も彼を止められない

やつらはきりきり舞い。だが見つけられない
彼は来て、殺して、いなくなる
どんなスリラーよりわくわくするじゃないか

やつらが追うのはケバブの殺人者

「ギギは一体何を知っていたのか?」『ツァイト』紙は書いた。とはいえ、この記事は二〇一二年四月。つまり遅きに失したのだ。もうたくさん。私は蓋をして箱を物置に戻した。混乱していた。まるで、一八年間も誰か別の人の人生を送ったような気がした。嫌悪感はなかった。むしろ他人の過去を覗いた、そんな感じだった。それも、昔ほんのちょっとだけ知っていた人の。

それらの記憶はたしかに私のものだとわかっているのに、いまの自分に重ね合わせることができない。昔言ったことや考えたこと、したこと、信じていたこと、疑っていたことを思うと、恥ずかしくていたたまれない気持ちになる。そして腹を立てる。それでいて、ときどき笑いがこみあげてくる。へらへらした、ゆがんだ笑いが。

私は一八歳までナチと過ごした。ちょっと離れたところから眺めていたわけでもなく、思春期の一、二年間でもなく、生まれたときからその世界にどっぷりつかっていたのだ。ナチに教育され、進むべき道を決められた。殴られ、苦しめられ、褒められ、いたわられた。

実際のところ、私が知っていたのはナチだけだった——祖父母、父、親の友人、一緒に休暇を過ごした子どもたち、初めての仲間、初めての彼氏、それどころか夫となったフェーリクスも。全員がナチだった。過激さに差はあれ、その多くが戦闘的で、暴力的で、前科があった。

私は幼いころからイデオロギーを刷り込まれ、軍事的な訓練を受けた。子ども時代に何キロものクロスカントリーに参加し、いかがわしいシンボルの旗を掲げ、ヒトラー式敬礼をすべく手を伸ばし、禁じられた歌を歌っていた。一〇代は戦闘的な〈カメラートシャフト（ネオナチの自主グループ）〉と酒場でとぐろを巻き、ナチコンサートで飲んだくれ、国家民主党の選挙戦の手伝いをした。キャンプファイアーでひとりの男の隣りに座った。のちに私はその男を国家社会主義地下組織による連続殺人事件の被告席で再び見ることになる。私は殴り、殴られ、警官につかみかかり、逃げた。

愛国青年団や国家民主青年団のメンバーだった私は、国家民主党の幹部と並んで直立不動で立ち、松明を掲げ、刑務所に仲間の面会に行き、イエーナのネオナチの拠点「褐色の家（ナチの制服が褐色だったことから）」の飲み会に参加していた——当時の私にとって、これらはあまりに当然のことだった。いまになってようやく、なんという泥沼に足をつっこんでいたのかがわかる。

私はナチの女の子だった。それが罪だとも知らず、右翼として生きてきた。私が望んだのではない。無理やり押し込まれたのだ。とはいえ……やっぱりナチだったのだ。

私は何も一夜にして目覚めて、こうつぶやいたわけではない――今日からもうあたしはナチじゃない。そんなわけにはいかない。そんなふうになるわけがないのだ。これまで経験してきたことを思えば。育てられた家庭を思えば。右翼のテントキャンプや戦闘的な〈カメラートシャフト〉と過ごした歳月を思えば。

あまりに深くこのパラレルワールドに根を下ろしていたので、そこから抜け出すまでには長い時間がかかった。住み慣れた世界、そこにいた人たち、一部の家族、そしてなにより自分自身に別れを告げるのは困難な作業で、何年もかかった。

この本を書こうかどうしようか、数カ月考えた。私の気持ちは真っ二つに分かれたまま、収拾がつかなかった。思えば、きっかけになったのは二年前、ドイツ最大の大衆紙『ビルト』の記者が電話してきたことだった。

「あなたのことを耳にしましてね、一度お話を伺いたいと思ったんですよ。いや、びっくりするような話ですね。痛ましくもありますが。なんという人生でしょう、なんという子ども時代でしょう。これを埋もれさせてはいけません。ここには考えるべきことがたくさんあります」

悪い気はしなかった。カフェで落ち合い、これまでの人生をかいつまんで話した。彼は頷き、メモを取り、再び頷き、感動しているように見えた――数週間後、この企画はボツになり、記者もそれきり連絡してこなかった。おそらく、もっと多くの流血や暴力、残酷な場面や武器、それから殴り合いが必要だったのだろう。つまり、トークショーに呼ばれるような要素が。

私が乗り越えてきたもの、張り裂けそうな思い、親や姉妹、昔の仲間とのずたずたになった関係——それらを彼は感じ取ることができなかったのだ。はじめはがっかりしたが、あとで思った。これでよかったのだ。手記を書くことになったとしても、あの記者はふさわしくなかっただろう。

けれども、それ以来、本のことが頭を離れなくなった。あの記者はある点では正しかった——私の人生は常軌を逸している。私には語るべきものがある。ヨーロッパのいたるところで人々が右傾化しているいまだからこそ、語る意味がある。「ドイツのための選択肢」のような右翼ポピュリズム政党が急激に議席を増やしたのはいったいどういうわけだろうと、首をかしげている人は大勢いるからだ。

そもそもドイツ的とはどういうことだろう？　そういう西欧文化あるいはヨーロッパのアイデンティティがあるのだろうか？　何十万人もの難民をどうやってまとめるのだろう？　そして、毎週毎週、反EU、反メルケル、反外国人を叫んでいるのはいったいどんな人たちなのか。なぜそんなに不満なのだろう？　彼らが模範としているのは誰なのだろう。

こういう問題が繰り返し議論されているいっぽうで、極右過激派が再び戻ってきて難民宿泊所に火をつけ、人々はテロを恐れ、政党はよりいっそう厳しい安全対策を講じている。

やはり書いてみよう。私は心を決めた。ただし、赤裸々に、正確に、かつ客観的に。それが私が本書で目指したものであり、どこかのゴシップ紙の記者との違いだ。たった二杯のカフェラテで、ひとりのブロンドの少女がどのようにして確信的なナチになりえたのかを知ろうとした記者との。

ネオナチから脱退した経緯を書いた本ならすでにいろいろ出ている。それなりに興味深いものもあるし、どうかと思うものもある。だが、私が自分のことのように感じたものはひとつもなかった。著者の大半が男性だからというだけでなく、ナチとして育てられた私は、ものの見方や社会への適合の仕方も彼らとはまったく違っていたからだ。

私の場合、思春期にナチになったのではないし、右翼のロックや集団による強制、小市民的な両親によるものでもない。旧東ドイツ、ザクセンの気の滅入るような村の出でもなければ失業している親がいたわけでもない。劣等感を何かで埋め合わせないではいられなかったわけでもない。そそのかされたのでもない。ただ目の前の道を歩いて行っただけ——その道が右へと曲がっていた。

この本を書かなければという思いは、私の中でしだいに確固たるものになっていった。これは意味があり、人の役に立つことだ……私は思った。擬似軍隊キャンプで過ごした子ども時代、二一世紀のパラレルワールド、ネオナチの女性の役割――右翼思想が市民生活にいかに深く食い込んでいるか、気づいている人はほとんどいない。

何ひとつ削らずに書こうと決心したものの、はじめのうち、これはなかなか難しかった。この事件には触れないでおこう、この場面は消してしまおう――そんな誘惑に幾度となくかられた。認めたくないこと、いまではもう、自分がしたことだとは信じられないようなこともあった。けれども最終的に何もかも挿入した。さもなければ半端な真実になってしまう。しかし、半端な真実など誰の役にも立たない。

懺悔《ざんげ》というと大げさだが、私がこの本を書こうと思った背景には、自分と折り合いをつけ、告白するためもあった。私の過去にほとんど責任のない母と妹には済まないと思う。いっぽうで、ありのままを記すのは私の権利、いやそれどころか義務だとも思うのだ。親友にそのことを話したとき、彼女は不安そうに言った。

「怖くない？　みんなバレちゃうよ。やつら、腹を立ててるよ。仕返しする。ねらわれるよ」

それについては私も考えた。けれども昔の仲間が反撃してくるとは思えなかった。

彼らは私の本に気がつくだろう。買うかもしれない。いや読むことだってありうる。だが、それどまりだ。そして多分こう言うだろう。

あんなバカ女、ほっとけ。どっちみちいたっていなくたって同じだったんだからな。

もうこれ以上過去にこだわらないほうがいいと母は言った。

「いい加減に前を向きなさい、ハイドルーン。あんたはまだ若いのよ。忘れることはできないの？　過ぎたことを蒸し返したところで何にもならないよ」

私が自分の運命をいまだに恨んでいると母は思っている。けれども、そんなことはない。それどころか、私は生まれて初めて、ためらいながらも幸せを感じているのだ。

極右思想について私にはいくつか言いたいことがある。ニュースやトークショーで右翼ポピュリズムに関する議論に耳を傾けると、次のようなことがわかる。現代社会が分裂しつつあること、すべての国々に右傾化の兆しがあること、不安と鎖国という不気味な妖怪が通りをさまよい、人々の脳裏にちらついていること、文明社会の輝きは実はとても薄っぺらいこと……。

ドイツに対してこんなに大きな不安を感じたことはなく、こんなにヒステリックに混乱したドイツも初めてだ。そう、いま私たちはある境目に来ているのだと思う。いまこそ、正しい方向へ切り替え、自由で民主的な体制のために闘うときだ。私が本書で明らかにしたいのは、普通の人も出来損ないの人生へと足を滑らしかねないこと、私のように初めから右翼になるべく育てられる子どもや若者がいること、そしてやり直そうと必死で努力しても、そういう人間にはくねくねと曲がった道しかないことだ。

本を書いて復讐してやりたい、そんな気持ちもあるのだろうか……私は胸に手を当てて考えてみた。いや。私にはそんな気持ちはない。それは自分で自分をダメにすることになる。昔の仲間は、「なに、カネのためさ」と言うだろう。そう思っても少しもおかしくない。なかにはそういう本もあると思う。ネオナチだった人間は、仕事もなく、経済的に困っていることが多いからだ。この本で得られる収入を、私は謝礼や報酬だとは考えない。むしろささやかな慰謝料のように思う。

第二章　私の奇妙な家族

英語はダメだ、ドイツ語で言え！

私は一九九二年の四月に生まれた。その日の出来事は私がどんな家に育ったのかを雄弁に物語っている。日曜日だった。父は母を乗せて病院へ行きはしたが、母を引き渡すとそのまま家に帰ってしまったのだ。なぜ？

それは父にしかわからない。これから始まる慌しさや興奮、父親に寄せられるさまざまな期待――自分には荷が重いと感じたのかもしれない。

私たちが住んでいたのは、ミュンヘンにほど近い人口三〇〇人ほどの鄙《ひな》びた村で、バイエルン独特の雰囲気があり、森に囲まれていた。ごくふつうの田園地帯だが、わが家は友だちの家とは違っていた。ダイニングルームの壁には木の十字架ではなく、愛国青年団のカレンダーや、古代のゲルマン文字であるルーン文字の形に焼いたクッキーがかけられ、食卓には愛国的な格言が刺繍してあるテーブルセンターが置かれていた。

本はたくさんあった。リビングの書棚にあったのは、見たところはどうということのない本だった。たとえば『バスカと男たち』。これはナチス時代に、国防軍によって東部戦線に動員された伝説的な狼犬バスカについてのものだ。鉄十字勲章を与えられた動物は、後にも先にもバスカだけだ。ナチスのラッシーといったところかもしれない。ほかの本は地下室と屋根裏のテレビ室にあった。第二次世界大戦の写真集、ナチスの大物たちの伝記、ホロコーストの文献などで、父はこれらの本を繰り返し読んでいた。

朝食のテーブルには、ミュンヘンやその近郊でよく読まれている『南ドイツ新聞』や『アーベント・ツァイトゥング』ではなく、『プロイスィッシェ・アルゲマイネ・ツァイトゥング』が載っていた。この新聞は保守右派で、発行部数は一万八〇〇〇。母は新聞より小説が好きで、そのことでいつも父にからかわれていた。

テレビはあまり見なかった。基本的には冬だけ。春や夏は木の葉が茂り過ぎて衛星アンテナがまともに機能しなかったからだ。土曜の夜など、父は往年のスター、ハインツ・リューマンの映画や、オーストリア・ハンガリー帝国を描いた『シシー』のシリーズを家族で見るのが大好きだった。一九三〇年から一九五〇年代の映画には、何かじんとくるものがあるのだろう、父は感傷的になり、「古きよき時代」にうっとりと身をゆだねていた。

もうひとつの土曜の夜の楽しみは、テーブルサッカーだった。父は人と競い合うのが好きで、勝ち負けにこだわった。私はシュートと反射神経のよさをときどき褒められたが、それを除けば、父に褒められることはほとんどなかった。地下室にある古い鉄道模型の前に跪《ひざまず》いて、夢中になって汽車を走らせているときだけだったといってよい。そのときだけは、父が私を誇らしく思っているのを感じた。二〇年も経ってから、昔自分が遊んだ鉄道模型の前にいる私を見て、このおもちゃが世代を超えて受け継がれ、いまだに昔と同じ幸せを子どもに与えているのを見て感動したに違いない。

もし私が男の子だったら、いや、四人の娘のうちひとりでも息子だったら、父はそのほうがうれしかったのだろうかと思うことがある。でも、家族の中にもうひとり男がいたら、遅かれ早かれ、その子を自分の競争相手とみなしたことだろう。愛情をちらつかせたと思うと、お仕置きをしてはねつけることで、父は私たちと距離を置いていた。

わが家を訪れた人には、父の思想信条はわからなかったと思う。リビングにハーケンクロイツの旗がかかっていたわけではないからだ。それでも一風変わった家庭であることは感じたことだろう。

私はお客が好きではなかった。特にクラスの友達には絶対に来て欲しくなかった。それより友達の家で遊ぶほうがよかった。にもかかわらず、わが家は村で孤立していたのではない。父は税関捜査官をしていて、伝統のある射撃クラブの会員だったこともあって、村では一目置かれていた。変わり者どころか、社交的で、人と騒ぐのが好きだった。

母は親しみやすく、周りの人から好かれていた。近所の人たちともよくお喋りをしていて、一家で休暇に出かけるときには、近所のおばあさんが花に水をやってくれた。

両親の友人たちもその多くは礼儀正しく知的な感じだったが、実際はゴリゴリの右翼で、大学出もエコ農家も、ヒッピー風の世直し運動家もいた。運動家の人たちは酒も飲まず、ビルケンシュトックのサンダルをはいて、セクト的な集団に参加していた。

＊＊＊

父はシュトゥットガルトの出身で、父親、つまり私の祖父は国鉄の車掌をしており、祖母は製図工だった。父はひとりっ子で、両親との関係は冷ややかで堅苦しかった。

祖母はよく誇らしげにドイツ少女団の話をしていた。これはヒトラー・ユーゲントの女子部のようなもので、祖母も団員だった。第三帝国時代はまだ子どもだったため、祖父母はナチではなかったが、ふたりとも人種差別的で民族主義的な思想を口にするのをはばからなかった。特に祖母は、なにかにつけて第三帝国の自分の子ども時代がいかにすばらしかったか、当時の厳しい教育にどれほど感謝しているかと、口を極めて褒めていた。そして、私たち姉妹に、従順で礼儀正しく、なんでもできる子でいるように要求したが、私は決して祖母の言うような子にはなれなかった。

父は幼いときから両親のそんなルサンチマンを無意識に受け継ぎ、次第に自分のものにしていった。父にとってそれはごく自然な流れだったに違いない。何しろそれしか知らないのだから。はじめのうち、父はスローガンを口真似していただけだったのが、いつからか自分でも信じるようになったのだろう。だから子どもたちを自分と同じスローガンで育てることは当然の帰結だったのだ。何を拒み、何を受け入れるべきかを私は小さいときから教え込まれた。

とはいうものの、娘たちがいわゆるスキンガールになること、つまり、学校をサボってナチコンサートにたむろしたり、タトゥーを入れたりすることを、父は決して望まなかったろう。父にとって何より大切なのは、ドイツ人の美徳だと考えている規律や従順、勤勉、栄誉、祖国愛を娘たちに伝えることだった。

マクドナルドからコーラに至るまで、アメリカの商品はすべて禁止だった。英語だからという理由で、携帯を「ヘンディ（Handy）」というのは許されず、必ずドイツ語で「ハントテレフォーン（Handtelefon）」と言わされた。ベルボトムのパンツやジーンズ、文字やイラストがプリントしてあるTシャツやセーターも禁止だった。私はいつもバイエルンの民族衣装のディルンドルか、姉たちのお下がりの継ぎの当たったコーデュロイのパンツに手編みのセーターとソックスという恰好だった。

屋根裏部屋の箱には写真もあった。一九九七年の夏の写真を見ると、わが家の当時の様子がよくわかる。スナックを食べている私と姉たちの写真だ。全員がきっちりと編んだおさげで、ディルンドルを着ている。テーブルには、丸パンやプレッツェル、きゅうりのピクルス。

隣りには六つか七つのブロンドのわんぱく坊主がふたり。髪をきっちりと七三に分け、白いシャツを着ている。この写真を見た人は、これが九七年のものだとは信じられないだろう。三〇年代だと言ってもすこしもおかしくない。

新しい服を買ってもらうことはほとんどなかった。たとえあったとしても格安スーパーのアルディと決まっていた。子どもには絶対に贅沢はさせない、小さいときから質素にすることを学ばなければならない。わずかな服でやりくりし、古いものを着せる。それ自体は悪いことではないかもしれないが、私は悲しかった。土曜日でもショッピングモールをぶらぶらすることはなかった。例外は母方の祖母が一緒のときだったが、何か買うときにはあらかじめ父に商品を見せて了解を得なければならなかった。

自分で何かを選ぶことは絶対に許されず、いきなり渡されるか、あるいは何かのご褒美にもらうかしかなかった。おもちゃもほとんどが五〇年代のものだった。母のお古の人形やお店ごっこセット。いまならネットオークションでけっこうな値がつくことだろう。けれども私の育ったのは九〇年代だ。友達が誕生日やクリスマスにもらうものを私はよく知っていた。

人気番組の『ブームックル』や『ビビ・ブロックスベルク』のカセットを聞くことができるのは、父が家にいないときだけで、普段は静かにしていなければならなかった——シーッ。パパはお仕事で疲れてますからね。

父はドイツのメルヘンからボブ・マーリーまで、なんでも好きなものを聞いていたが、私たち子どもにはそうはさせなかった。私がヒップホップを聴き始めたとき、これは「カファー音楽」だといってひどく腹を立てて、すぐにスイッチを切れと怒鳴った。カファーというのは、アパルトヘイトにおける南アフリカの黒人に対する差別用語だ。

私の部屋は殺風景で居心地もよくなかった。家の中で一番小さく北向きで、家具はみな税関の廃品でくすんだ緑色をしていた。ベッドは大きすぎ、洋服箪笥は背が高すぎ、誰かに手伝ってもらわなければ洗濯したブラウスを手に取ることすらできなかった。個室のない子がたくさんいるのは知っていたけれど、冷え冷えとして、まるで刑務所の独房のように機能一辺倒なのが嫌でしかたなかった。

もう少し住みやすい部屋にしようと、母が何度か工夫してくれたが、結局うまくいかなかった。動物のポスターを貼ることだけは許してもらえたので、これがささやかな慰めになった。

いま考えると、味も素っ気もないインテリアや古い服など、すべてが温かみに欠けていたのは父の教育方針だったのかもしれない。もしかすると、子どもたちを鍛えるため、敵に囲まれた外の世界に備えるためにと考え出されたものかもしれない。こう考えるのは、楽しいことではない。けれども、それでもなお、子どもたちがどんな子ども時代を送ろうが父にはどうでもよかったのだと思うよりは心が慰められるのだ。

＊＊＊

母はニーダーバイエルンの出身で、父親は地方裁判所の判事、母親は専業主婦という家庭で育った。ママ、パパ、ふたりの子ども。典型的なドイツの核家族だ。小市民的ではあっても満たされて、母は愛されて育ったに違いない。

その母がどうして父のような男性と結婚したのか？　一目惚れだったからだ。ふたりが出会ったのは戦後旧ドイツ領から追放された人々の同郷人会だった。おそらく母はぼうっとしてしまい、この男がナルシストであり、実に奇妙な思想を支持していることに気がつかなかったのだろう。当時すでに右翼の青年組織の一員だったことを考えないようにしたに違いない。

母方の祖父は控え目で物静かな、気持ちの細やかな人だった。そんな父親のもとで育った母の前に、いきなり大言壮語する男が現れた。にぎやかで短気、自己愛が強い。けれどもまたチャーミングでもあり、カリスマ性があり、常に人々の中心にいた。

父が部屋に足を踏み入れると、辺りの雰囲気が変わった。父にはオーラがあると私も思う。勝手な熱を吹いていたが、人々は彼の話を信じて友達になりたがった。

その点、母は対照的だった。内気で素直な性格で争いを好まなかった。ひょっとすると、だからこそ知り合ってたった数カ月で父と結婚したのかもしれない。強くて自信たっぷりな男、寄りかかれる男を望んだのかもしれない。

母方の祖父母は、長いあいだ父のことを悪く思っていなかった。訪ねたときは、父も自分のよいところだけを見せていたからだ。けれどもある日、父はやりすぎた。残さずに食べるよう言われた私がいうことを聞かなかったのをみて、父はやおら立ち上がって私の椅子を一八〇度回した。つまりテーブルに背中を向けさせたのだ。そうしておいて父は自分の席に戻った。のけ者にすることで私を罰したのだった。このとき初めて祖父母は、いままで知らなかった娘の夫の一面に気づいたのだ。

私は父より母のほうになついていたが、父は父で私より姉たちを贔屓《ひいき》にしていた。私より年上のふたりには、へんてこな理屈を話して聞かせることができたからだ。遊んでやることしかできない赤ん坊や幼い子どもは苦手だった。

幼稚園に行っていたとき、強権的な父のためにまたしても悲しい思いをすることになった。それはクリスマスを控えたある日のことだった。キリスト降誕劇のための天使役を決めることになり、ブロンドで髪の長い私が選ばれた。

誇らしさで胸をふくらませて、走って家に帰った。両親に早く知らせたくてたまらなかった。ところが父は腹を立てて園長に電話した。

「天使の役なんかとんでもない。ご存じかどうか知りませんが、あの子はクリスチャンではないんですよ」

両親は教会で結婚式をあげたが、祖父母がどうしてもと望んだからであって、式を挙げるとすぐ、父は教会から脱会した。私は洗礼すら受けていない。成長の過程で子どもたちが聖書の物語に触れるのはたぶんいいことなのだろう。けれども私は一度も親しむ機会がなかったので、それを残念に思うこともなかった。

でも、天使の役はどうしてもやりたかった。だから、だめだと言われたとき、目の前が真っ暗になったような気がした。

一体どんな悪いことをしたっていうんだろう。ブロンドだから選ばれたのに。あたしはぴったりだったのに。

その後何日か私はむくれ、わめき、泣いた。けれども何の役にも立たなかった。父が一旦だめだといったら、だめなのだ。父のこの言葉ですべてが終わった。

「いい加減にしろ。こんなもの、うちでは信じちゃいない。それだけだ」

父はすべてにおいて厳格だった。誰もが従わなければならない。出張で家を空けることが多かったので、家にいるときには、家族が一緒に食事をとることに重きを置いていた。なかでも夕食にはいろいろと厳しい決まりがあった。

私たちは交代で食卓の用意と片づけをせねばならず、何か言いたいときには手を挙げてからのこともあった。喧嘩はご法度《はっと》だった。そのくせ父は絶えずくだらない格言を持ち出して私たちを挑発したので、言い合いになることがよくあった。

音を立てて階段を降りれば、罰として一〇回はそっと上がったり降りたりしてみせなければならず、玄関の戸をバタンとしめれば、一〇回はそっと開け閉めしなければならなかった。きょうだい喧嘩をすると、仲直りするまで身じろぎもせず部屋の隅に立っていなければならなかった。嫌がると、書斎に呼びつけられ、ごめんなさいの言葉を口にするまで直立不動で立たされた。私は何時間も一言も口をきかないこともあった。

父は総司令官で、私たちは娘ではなく兵士のようだった。また、どうでもいいようなことでいちいち競争させた。誰が一番部屋の片づけがうまいか。引っ越しの荷物を一番多く運ぶのは誰か。かけっこが早いのは？

大事なのは常に結果、つまり勝ち負けだった。勝った子は褒められ、負けた子たちはのけ者にされた。


父とはもう関わるまいと決心したのは、一五歳のときだった。両親はすでに離婚しており、父には新しい恋人がいた。その女性は姉の名づけ親だったが、正直言って母よりずっと父にお似合いだった。父以上にゴリゴリの右翼だったからだ。

二〇〇七年の一〇月、ＣＤや本、服など身の回りの品を取りに、私は子ども時代を過ごした家に行った。生家を訪れたのは、あれが最後だ。家に着くと、家中に電気がついていた。もう夜になっていたが、父はすべての部屋に鍵をかけ、お湯が出ないようにしていた。これは父がいつもやる嫌がらせだった。

いままでに何度もやられていたので、私は平気だった。それでも、父と言い合いになった。原因はもう覚えていない。いずれにせよそのころにはもう、私たちは普通の会話ができなくなっていた。父は怒鳴りちらし、私も負けずに言い返したが、やがて私は父をそこに残して自分の部屋に行った。何もかもが嫌だった。

父と過ごしたのはそれが最後だったが、センチメンタルな気分にはならなかった。私は思った。あと一晩、あと何時間かすれば永久におさらばだ。もう二度と父と会うことはないだろう。でもそれでかまわない。

翌朝家を出るとき、父は廊下でハグしようとしたが、私はすり抜けた。それは決してたやすいことではなかった。真面目くさっているくせにどこか陳腐で、変にもの悲しい、そんな一瞬だった。でも、今度こそ絶対にほだされまいと心に決めていた。これきり父とは違う道を歩むこと、自分の人生を生きるためにはこの自分勝手な人間と縁を切らねばならないことはわかっていた。

ほろりとしそうになるのをこらえて、父をそこに残したまま家を出た。うしろで鍵が閉まる音を聞いたとき、ほっとした。父とはそれきり会っていない。

その後、私は父に三回電話した。それぞれ、身分証明書、口座の開設、実習契約書に父のサインが必要だったからだ。三度とも父は拒んだ。一八歳の誕生日に父から電話があった。誕生日のお祝いではなく、この日をもって養育費の支払いをすべて終えるという通告で、あとから書留で書類を送ってきた。

しばらくのあいだ私は父を憎んでいたが、いまでは哀れみを感じているだけだ。父には会いたくもないし、話をしたくもない。父が変わっていないことはわかっている。子どものころ、私は繰り返しはかない希望を抱いた。今度こそパパはちゃんと考えてくれたに違いない、今度は本気でそう言っている、パパは違う人になったんだ――けれどもそのたびに裏切られた。もう父と会うことはないだろう。悲しいかと聞かれたら、こう答えるだろう。いいえ。いまではもう。

父方の祖父母にもすでに一〇年会っていないが、正直言って寂しいとは思わない。ただ、祖父のことを思うと残念な気がする。もしもっと常識的な女性と結婚していれば、あんなふうにはならなかったと思うからだ。もっとも、そうはいってもあの人を選んだのは祖父自身なのだ。

姉たちとももう何年も連絡を取っていない。上の姉はいま再び父と暮らしている。私が話したことは何もかも筒抜けになっているに違いない。下の姉とは一度だって心が通じたことはない。

母と妹とは定期的に会っている。妹は一五歳だが、そのころの私のことを思うとずっと大人だ。しょっちゅう会うわけではないけれど、訪ねていけば、お喋りや散歩、ゲームなどで楽しい時間が過ぎていく。

「幸福な家庭はすべてよく似たものであるが、不幸な家庭は皆それぞれに不幸である」(中村白葉訳)。『アンナ・カレーニナ』の有名なセンテンスだが、本当にそのとおりだと思う。みんながまだ一緒にいるなんて、私には想像もつかない。

第三章

学校で

算数は戦争と同じくらい怖かった

基礎学校（小学校）へ入学したその日からすでに私は仲間外れだった。それも教室へ入る前から。クラスメイトはみんな、色とりどりのボーイスカウトリュックを背負っていたのに、私だけが母のお古の脂《あぶら》じみた革のランドセルだったのだ。恥ずかしくていたたまれなかった。いまならどこかの蚤《のみ》の市にでも出して、そこそこの値段で売ることもできるだろう。擦り傷の一つひとつに物語がありますよ、このランドセルには魂があるんです、とか言って。けれども幼かった私にはそんなことはどうでもよかった。ただほかの子たちとおんなじでいたかった。

私は内気でおとなしい子どもだった。いきなり知らない子どもたちと一緒にされて、いったい何をすればいいのか見当もつかず、おろおろしていた。なかでも担任の女性教師は耐えがたかった。夢見がちで絶えず気が散っていたうえに臆病だった私は、手をあげたり、質問したりすることができなかった。そんな私を彼女は始終みんなの前でこきおろした。だから、ますます自信を失ってしまった。

いまの私には、なぜ自分がいつもびくびくしていたのかがわかる。家で慢性的なストレスに晒《さら》されていたからだ。といっても時間に追われていたとか、絶えず身辺がごたごたしていたというわけではなく、心理的なものだった。家庭の雰囲気があまりに重苦しかったために、自分の夢の世界に逃避していたのだと思う。

はじめ中くらいだった成績は次第に落ちていった。三年生のときにはすでに、算数と清書が五段階評価で下からふたつめで、それは四年生になってもよくはならなかった。

成長するにつれ、ますます怖がりになっていったのは、父が始終口にする恐ろしい話や戦争の話が次第に理解できるようになったからだ。

いつなんどき地平線に敵機が姿を現すかもしれないと本気で思っていた。すると父はどうしたろう？　私を安心させるどころか、いっそう不安を掻き立てたのだ。夕食のときに、ドイツが戦争になるのかと尋ねると、父は言った。

いつ戦争が起きてもおかしくはないんだよ。だって、ドイツとアメリカは本当の平和条約を結んでいないんだからな。だから第二次世界大戦は公式に終わってはいないんだ。アメ公はいまこのときにも攻めて来るかもしれない。

私は七歳だった。にもかかわらず、いや、だからこそかもしれないが、襲撃されたときの様子をありありと目に浮かべることができた。何しろしょっちゅう父の写真集のページをめくっていたので、戦争が常に飢えや苦しみ、死をもたらすことを知っていたのだ。

毎日敵がやってくるかもしれないと思いながら暮らしていた。敵は飛行機でやってくるだろうと思った。そして空を見上げるたびに、雲と鳥しか見えないことに首をかしげながらもほっとしていた。

端から見たらばかばかしいこんなことも、私にとっては現実的な不安だったのだ。戦争になったら自給自足できるようにと、両親が地下室に食料品を蓄えていることも知っていた。それは大量にあった――パスタや魚の缶詰、貯蔵用の瓶、飲料水。

いま思うと滑稽だが、世の中には自分のアイデンティティをつくりだすために、そういう恐ろしい空想を必要とする人たちがいるらしい。そういう人たちは、対抗するための敵、終末論的なビジョンを探す。脅されていると感じるときだけ、生きている実感があるのだ。

それにしても忌まわしい月日だった。うちには防空壕があるんだろうか。地下室の壁は爆弾が落ちても耐えられるだろうか？　私は頭が痛くなるほど心配した。それどころか、どこに身を隠せば一番生き延びる可能性が高いかと真剣に考えたりもした。考えることが多くなればなるほど、不安も大きくなった。

うちのシェパードはどうなるんだろう？　友達にはまた会えるだろうか？　おじい

ちゃんとおばあちゃんには？　食べるものがなくなってしまったら、どうしよう？　おもちゃはどこに隠せる？　眠れない夜が続いた。爆弾が落ちて家が焼け、人々がお腹を空かせている幻覚が現れた。

けれどもそんな自分の気持ちをけっして親には話さなかった。代わりに仲良しのカロリーンに話して聞かせた。私たちが危険な状態におかれているのを知らせなくてはと思ったからだ。カロリーンはまるで絵に描いたような幸せな家庭の子で、私と違って成績もよく、子ども部屋には楽しい工夫がこらされていて、父親手製のジャングルジムまであった。カロリーンはいつも私の話を熱心に聞いては、怖い怖いと騒いだ。とはいえ、カロリーンが本当に怖がっていたとは思わない。ふざけていたのだと思う。私が本気だったこと、怖さでパニックになりそうだったなどとは、夢にも思わなかったに違いない。

＊＊＊

三年生になったとき、セラピーを受けることになった。小児科の医師からＡＤＨＤと診断されたからだ。日々のトラブルはいっこうになくならなかった。目に余る行動があったわけではないが、私の調子がよくないこと、苦しんでいることが傍目にも明らかだったのだろう。私は神経性皮膚炎になり、反抗的で扱いにくく、リタリンを処方された。

ずっとあとになってから、『シュピーゲル・オンライン』(二〇一一年七月二一日)で右翼家庭における強権的な教育についての記事を読んだとき、私の心はいくらか慰められた。というのも、あのような環境にいたことを思えば、自分がごくノーマルな反応をしたことがわかったからだ。

そこにはこう書かれていた。

「規律・服従・尊敬は、第一に両親と同志に対して向けられる」。まさに私の体験そのものだった。たとえば、教師にたいする反抗は、父にとっては正しいことであり、支持する価値のあることだった。

「右翼社会から一歩外に出ると、しばしば子どもたちは反抗する。朝礼で沈黙し、家庭の話はあまりしない。情緒不安定な子や過剰に順応する子、極めて攻撃的な子がいる」

これもあたっている。私はいやに大人しかったり、いきなりふてぶてしくなったりした。

医師の診断が正しかったかどうかはともかく、ひとまずリタリンで落ち着いた。以前より集中できるようになり、注意深くなり、家でもちょっとしたことでカッとすることもなくなった。それから担任が替わり、ようやく自分をいくらかわかってもらえると感じるようになったため、以前より自信が持てるようになった。と言っても、これは成績がよくなることには繋がらなかった。

九歳のとき、妹が生まれたが、当時両親のあいだはかなり危機的だった。母が病院にいるのに、父は近くのアルゴイに休暇に行っていた。しかもひとりではない。恋人のところに行っていたのだ。二日後、生まれたばかりの子を見ようと父が病院にやってきたとき、騒ぎが持ち上がった。父が用意した名前に母が頑《がん》としてうんといわなかったからだ。

父はこの子をヘルルーンと名づけるつもりでいた。古代ゲルマンの名で、無病息災を意味する。それ自体は悪くない。けれども名前となると話は別だ。どう見ても奇妙なのだ。幼稚園や学校でいじめられたらかわいそうだ、という母の気持ちはよくわかった。

それからの数週間、我が家には嵐が吹き荒れた。のっぴきならない事態に陥った日のことはいまでも忘れられない。父がまたしてもくだらない格言を持ち出して娘たちを挑発していたとき、すごい形相で母が部屋に入ってきてわめいた。

「子どもたちをそっとしておいて！　こんなめちゃくちゃな家、もうがまんできない！」

シーンとなったその数秒後、決定的な言葉が漏れた。静かに、絶望的に。

「これ以上耐えられない。離婚します」

辺りは水を打ったようになった。母の言葉は、発煙弾の煙のように部屋の中にぽっかり浮かんだと思うと、ゆっくりと部屋の隅々に広がっていった。母が本気なこと、この日を境に二度と我が家は元には戻らないことを誰もが感じたようだった。こんなに困惑した父を見たのは後にも先にもこのときだけだ。姉たちがショックを受けて部屋から出て行ったあと、自分の部屋に戻った私のところに父がやってきて言った。

パパとママが一緒にやっていけないのは、それぞれ考え方がまったく違うからなんだ。もしかすると結婚するには若すぎたのかもしれないな。

こんな話し方をする父は初めてだった。動揺しているのはよくわかった。私は父が気の毒になった。なんだか、サッカーボールを敵に奪われてしまった小さな男の子のように思えた。

それからしばらくのあいだ、父はよそで寝泊まりしていた。昼休みだけ家に立ち寄ったが、そのときには何もなかったようにふるまった。いよいよ出て行くときには立ち直っていたが、ドイツシェパードの飼い犬との別れはとても悲しんだ。鉄十字章をもらった狼犬にちなんでバスカと名づけたこの犬を、父は誰よりも愛していたのだと思う。バスカは、いつだって父に忠実だったからだ。

両親が正式に離婚するまではそれからまだ、二、三年かかった。けれどもこのときから、すべてが変わった。両親は別れて暮らし、上の姉は出て行き、下の姉は自分から望んで里親にひきとられた。私は父と母のところを行ったり来たりすることになった。困難な不穏な時が訪れた。我が家の崩壊が始まったのだ。

父はアウクスブルクに住まいを見つけ、私は二週間に一度そこへ数日間泊まりに行った。父は常に私を気にかけ、面倒をみようとしていた。いやに愛想がよく、親切だった。とはいえ、残念ながら父は誤りを犯した。私を対等に扱うふりをしただけでなく、ステレオや携帯を買ってくれはしたが、子どもというのは、相手がどこまで自分のことを本気で考えているかについて勘が働くものだ。ステレオや携帯はうれしかったが、私は父の愛情を疑っていた。

あるときは父の側に立ち、またあるときは母に味方した。どちらにつくか、それはそのときの私の気分次第だった。父のところにいるとき、父は私が母に批判的になるようにしむけ、母といればいるで、母は父の悪口を言った。私には母のほうが身近な存在だったが、それでも、学校をはじめ、教師や気に入らないものすべてに対する私の一大反抗キャンペーンに父が肩入れするのを私は楽しんでいた。教師の言うことを聞かなくても咎められなかったし、それどころか背中を押されていたのだから。

思えば父自身、絶えず反抗していたのだ。自分より知的な人、権力のある人、影響力のある人に。勇敢だからではない、自信がないからだ。けれどもそのことに気づいていなかった。父にとって大事なのは反抗することなのだ。反抗し、批判し、国家の権威に捻《ね》じ曲げられない人間——父はそのつもりだった。だから、自分の娘についてもそんなふうにイメージしていた。

ある日、ひとりの男性が私の前に現れた。後ろに父が立っていて、心配はいらないというように頷いてみせた。この人は家庭裁判所から差し向けられた監査員で、すでに一度来たことがあった。私と向かい合って座ったその人は、じっと私の目を覗き込んで微笑んだ。

「やあ、ハイドルーン。元気かね？」

なんと言ったらいいのかわからず、私はその人と父を代わる代わる見た。そしてためらいながらきれぎれにつぶやいた——元気です。困っていることは何もありません。そう言いながらも父の意向を確かめようと、返事をする前に必ず父の顔色を窺《うかが》っていた。

養育権の帰属に関して、父の政治活動が子どもたちに被害を及ぼしていないか、洗脳されていないかを調べるためにこの人が来たのだということを知ったのは、ずっとあとのことだ。結局ふたりの姉の養育権は母が獲得したが、私と妹については父と折半しなければならなかった。

しばらくのあいだ、父との接触があったのは私と妹だけだった。父の影響から逃れようとして、私は何度も父のところに行くまいとした。警官と検察官を連れて迎えに行くと父に脅されるまで部屋にこもったこともある。結局青少年局と家庭裁判所は、父が定期的に私に会えるという正式な決定を下した。しかたなかった。もしあのとき父と縁が切れていたら、どうだったろう。ひょっとしてあれほどどっぷり右翼の世界に浸かることはなかったのでは？

このころ、私は四年間の基礎学校を終えて基幹学校に進んだ。ということは、義務教育だけで終えることになる。成績から言ってほかの選択肢はなかった。もしもっとましな環境にいたら、実科学校やギムナジウムに行けたかもしれない。でも私の置かれていた状況は、よくなるどころか悪くなる一方だった。

基幹学校に進んでから、成績はさらに悪くなった。そのころにはもう、内気どころか反抗的でふてぶてしかった。やられるばかりではなく、次第にやる側になっていった。

成績は悪かったが、あるいは、だからかもしれないが、私は一匹狼とは対極の存在で、大勢のクラスメイトとうまくやっていた。休み時間を一緒に過ごし、学校の駐車場の陰でこっそりタバコを吸った。だから毎年通知簿にはこう記されていた――ハイドルーンはクラスにうまく溶け込んでいます。

成長するにつれて、父のイデオロギーは 私の人生へとますます入り込んできた。一三歳のとき、学校でダッハウにあるユダヤ人強制収容所の見学に行くことになった。そのとき、父は個人バージョンの歴史を私に話しておくのが義務だと感じたに違いない。前の晩、夕食のときに、父は私に語りかけた。

「なあ、ハイドルーン。明日ダッハウに行ったら、堂々と質問していいんだぞ」

なんと私のためにいくつかメモを用意していた。

「教師が言うことを鵜呑みにすることなんかないんだからな」

父の意見では、今日まで解明されていない明らかな矛盾があるという。たとえば、アウシュヴィッツにはなぜ「このガス室は参考のために復元されたものです」という表示があるのか。

「どうしてアウシュヴィッツにはそんな表示があるのか、と聞いてごらん。復元された――ずいぶんと奇妙な話じゃないか。となると、自ずと疑問がわいてくる。ひょっとするとそもそもガス室なんかなかったんじゃないか、とね。ダッハウでは、ユダヤ人が花壇に灰をまいている写真を見せられるだろう」
そこで父は話をやめ、探るように私を見つめた。
「だがね、灰は肥料にはならない、いいね。灰は植物を窒息させてしまう。どうしてそんなことをする必要があるんだ」

父にとってホロコーストはでっち上げられたものに過ぎなかった。収容所で人が焼き殺されたなんて、いったい誰が知ってるっていうんだ。本当にあったことを知っているのは誰なんだ？

父にとって私がダッハウに行くことは重要だった。けれどもそれは、娘がユダヤ人絶滅の悲劇に向き合うからではなくて、私に挑発させようという腹からだった。私は単なる道具なのだ。周りを不穏な雰囲気にして恥知らずな質問で教師をやりこめさせようというのだった。

結局私は一言も発しなかった。だいいち、この施設を見ても何も感じなかった。でっち上げだという先入観が強いあまり、いくらおそろしい出来事を聞かされても心に響いてこなかったのだ。

数年前、再びダッハウを訪れた。このときには、正面から向き合い、案内にしっかりと耳を傾けてほぼ一日そこで過ごした。そのとき初めて、ユダヤ人だけでなく、政治犯や聖職者も囚われていたことを知った。ここで起きた残忍な行為を自分が長年否定してきたことをいまさらのように強く自覚し、犠牲者は無論のこと、この平和な地が七〇年以上前にはこの世の地獄だったことを伝え続けることに半生をささげているボランティアの人たちに対していたたまれない気持ちになった。

ホロコーストを否定するために、絶えず陰謀や思想操作を持ち出していた父を思うと、滑稽だとしか言いようがない。こんなに何もかもはっきりしているというのに。右翼のあいだでは、ホロコーストはあり得ないと主張する本がたくさんある。写真に映ったシェパードの影が間違ったほうを指しているというだけで、待ってましたとばかりに彼らは叫ぶのだ――でっち上げだ。

『アンネ・フランクの日記の真実』という、ナチなら誰でも本棚に置いているカルト本がある。これはかつての親衛隊中尉ゲアト・クナーベの手になるシロモノで、彼はこの有名な日記はアンネ本人の書いたものではないと主張しているが、彼の挙げる証拠は馬鹿げている。たとえば、この日記はボールペンで書かれているが、ボールペンは戦後に発明されたものだからというのだ。

ホロコーストという嘘を世界中に広めるために、何百万人もの人々が世代を超えて陰謀を企んだ――そう言い張ることはもちろんだが、そもそもそれを信じること自体がばかばかしい。

気がついたら、学校生活が終わっていた。あっという間に過ぎてしまった。私はなんとかすり抜けた。学校に行ったけれど、そこにいなかった。聞いてはいたけれど、何ひとつ吸収しなかった。いつも別のことで頭がいっぱいだったからだ。私にはとてつもなく大きな欠落部分があり、それは年々大きくなっていった。いつのころか、もう何もわからなくなったが、どっちにしてもこの体制では努力する気なんかないという理屈で、自分が落ちこぼれたことを正当化していた。

成績が悪いのを、勇敢な政治活動をしている証拠のように感じていた。好きな教師に対してはいい子だったが、ほかの教師には態度が悪く、やる気もなく、いつの間にか「ナチルック」のジャンプブーツを履くようになっていた。

一五歳で基幹学校を卒業した。成績は、真ん中よりずっと下だった。それから何年もたってからようやく私は、自分の境遇をのりこえて自立するため、そう、よりよい人生を送るためには教育が必要なことに気づいたのだった。

第四章

ハンガリー狂騒曲

いつだって本物のナチだったからな

私たちは幸せな家族ではなかった。けれども休暇のときだけはそんな錯覚を起こした。一度をのぞき、毎年ハンガリーのバラトン湖に休暇に出かけていた。そこには祖父母が八〇年代に買った別荘があった。小さなキッチンと風呂場がついているだけで特にどうと言うほどのものではなかったけれど、目の前に湖がきらめき、太陽が輝いていればそれで十分だった。

西ヨーロッパの国、フランスやスペインでの休暇は問題外だった。「帝国主義の戦勝国」に属していた国もあるというのが父の言い分だった。チェコやポーランドもだめ。父に言わせればこれらの国は不法に占領されたドイツの土地であり、こんなところにカネを落とす筋合いはない。その点ハンガリーはいつだって本物のナチだったからというわけだ。

バラトン湖で過ごした日々は、私の子ども時代で唯一とも言える楽しい思い出だ。夜に出発し、半分ほど行ったところで休憩して、翌日のお昼ごろに近くの小さな村に到着した。湖の南西に位置するバラトンマーリアフルドーという名の村で、普段は数百人の人々しか住んでいないところだが、夏のあいだは休暇の楽園となって人口が膨れ上がった。ほとんどはハンガリーの人々で、別荘がたくさんあり、牧歌的な入江があった。私たちは水浴びをして湖畔で一日中遊んだ。数年経ってから父は小さなヨットも買い、それに乗ってみんなで湖へ出て行った。

母は料理から、私たちは食卓の片づけから解放され、毎晩近くの同じレストランで食事をした。

値段も手頃でとても美味しく、分量はたっぷりあった。それが何より大事なことだった。

たった一度、休暇をハンガリーではなく、カリーニングラードの近くで過ごしたことがある。ここはかつてドイツ領で、ケーニヒスベルクといった。ベルリンから夜行で北へ向かった。これはすでに第三帝国時代に重要だった幹線で、全ドイツ高速自動車道路ベルリン＝ケーニヒスベルクといった。三〇年代から四〇年代に計画され、一部は実際につくられた。

ベルリンからカリーニングラードまでは空路では五〇〇キロほどだったが、列車で行くのは気が遠くなるほど時間がかかった。なんだかよくわからない理由で、列車は繰り返し止まった。退屈しのぎに、父はロシアの税関職員のぞっとするような話をした。

「世界中で一番厳しいんだ、やつらは。何かないかと、座席まで切り裂くんだからな」

そのうちどうにも先へ進めなくなったとのことで、列車から車へ乗り換えることになった。さびついたバスで、ドアが開かないようにパッキングリングで抑えていた。乗っているだけで疲れたが、スリルもあった。そこで私は一度も見たことのないような風景をいくつも目にした――見渡すかぎりの白樺と針葉樹。道路は穴だらけでガードレールも境界線もなく、人々は貧しげでやせていた。そして至るところに羊と豚がいた。数キロ行くごとにバスは止まり、羊や豚たちが通り過ぎるまで待っていた。

まるでどこかの知らない惑星に来たようだった。あのとき、私はたぶん六つか七つだったと思う。犬歯が抜けていたのをよく覚えている。一週間ほど小さなホテルに泊まって、朝から晩まで近所の子どもたちと遊んだ。まるで「長くつ下のピッピ」になったみたいだった。学校はない、何の義務もない。あるのはただ、自然と動物、冒険だけ。

「ねえ、見て、見て！　蛇口からコーヒーが出てるよ」

初めて水道の栓をひねったとき、私は思わず叫んだ。水はそれほどに黒ずんで汚れていたのだ。だから、歯を磨くときも一度沸かした水を使っていた。けれども朝食は大きな楽しみだった。毎朝新鮮な卵とミルクが家畜小屋から運ばれてきたし、温かいパンにジャムもあった。何もかも質素だったが、心がこもっていて本当においしかった。でも、どうしてそもそもカリーニングラードなんかに行ったのだろう?

一九九三年、父は出版社を経営している友人のディートマー・ムニアとともに、「トラケーネンへの入植振興協会」なるものを立ち上げた。これは有限会社で、目的とするのは「東《オスト》プロイセンの再ドイツ化」だった。トラケーネンはカリーニングラード州の町で、第二次世界大戦後、ロシアないしポーランド領となり、現在ではロシア、ポーランド、リトアニアの三国に分割されている。この地を取り戻そうというのだ。父なら、きっとこう言っただろう。

どこに属してようと、将来の展望もなく貧しく暮らしているロシアにいるドイツ人たちにアイデンティティと祖国を返してやらなくちゃな。

七〇年代に愛国青年同盟の指導的なメンバーだったディートマー・ムニアは、やがて右翼思想と歴史修正主義の文献を出版するようになった。ムニアは父の友人にもっとも多いタイプの人間だった。夢見る右翼でノスタルジーに溺《おぼ》れており、浮世離れした理想主義者であり、いかがわしい理想に首まで浸かっていた。彼らは何年もかけて力を合わせて錚々《そうそう》たる人脈をつくりあげた。金銭は言うに及ばず物資の面でも、鍋からシーツ、文房具に至るまで現物寄付があり、それでこのプロジェクトを支えていた。

そんなわけで、わが家の地下室はこれらの品でいっぱいだった。所狭しと寄付品が積みあげられ、それを一年に一度、隊列を組んで北へと運んでいた。それどころかムニアはこのプロジェクトのために家を建てて、「トラケーナーハウス」と名づけた。そこにロシアにいるドイツ人の開拓者たちを住まわせようと言うのだ。そして新たに家を建てるたびに二五〇〇マルクの寄付をしてくれるスポンサーを探した。なんとも滑稽な話だが、意外にもこの試みは成功し、最初の三カ月だけで八〇人のスポンサーが現れた。数年後には、某所に村をつくり、ホテルや学校、小さな個人商店が、まるで手品のように現れた。彼らはそれをアグネス・ミーゲル入植地と呼んでいた。

アグネス・ミーゲルはヒトラーに忠実な女性作家で、一九世紀末にケーニヒスベルクで生まれた。一九三三年、ヒトラーに対する服従を意味する誓約書にサインし、一九四〇年にナチ党に入党した。アグネスはヒトラーに対するいくつもの賛歌を書いている。

ここの学校では子どもたちはドイツ語だけでなく、ナチズムも教え込まれた。ドイツ人だという自覚と誇りを植えつけることが目的だった――自分たちドイツ人はロシア人より上等な民族である。だから、彼らとつきあってはいけない。

授業を受け持っていたのは主義を同じくする教職の学生だったが、筋金入りの極右の人間もいた。極右政党であるイギリス国民党の創立メンバー、リチャード・エドモンズもそのひとりだ。

父はこの協会の副会長で、定期的に現地を訪れていた。その目的は進捗状況を現地で確かめるためがひとつ、もうひとつは、そこに住んでいるリトアニア人の恋人を訪ねるためだった。

一年に一度、彼らは洒落たホテルで会合を開いて、自分たちのやっていることの意義を確かめ、ビュッフェでお腹を満たした。この大宴会には、ロシアに住むドイツ人のアコーデオン演奏や民族舞踊がつきものだった。

このプロジェクトについて詳しく書かれた書物がある。ムニアが自ら著したものだ。その中で彼は、ロシアに住むドイツ人、お互いに愛で結ばれている「民族という夢」、さらに「大きな共同体の夢」、最後に「ドイツ民族の夢」について夢中になって語っている。

ところで、何年か経つうち、わが家に極右関連のえり抜きの蔵書がそろったのはムニアの寄贈によるものだ。毎年クリスマスには、お祝いのカードとともに綺麗に包装された書物の包みが彼から届いた。

第五章　秘密のキャンプで——ドイツ愛国青年団

「痛い」だと？　とっとと朝練へ行け！

私がそれなりに成長したと思った父は、さっそく私を秘密の休暇キャンプに送った。これは愛国青年同盟または愛国青年団が主催していた。愛国青年同盟はバイキング・ユーゲントの後継といってよく、ネオナチの子ども及び青少年の組織だった。バイキング・ユーゲントは一九五二年に「懲りない面々」によって結成され、ヒトラー・ユーゲントを模範として活動していたが、極右だということが発覚したために一九九四年に禁止された。

プログラムを見るとテントキャンプ、ハイキング、イベント等の言葉が並んでいるが、実際には肉体的にきわめてハードな訓練を含む準軍事教育をしていた。バイキング・ユーゲントのキャンプでは、一万五〇〇〇人の子どもたちと青少年が参加したと言われているが、悪名高いネオナチが何人もここから出ている。シンガーソングライターのフランク・レニッケもそのひとりだ。彼は二〇一〇年の連邦大統領選に国家民主党から立候補した。それから、グンドルフ・ケーラー。地質学を専攻する学生だったケーラーは、ドナウエッシンゲンの出身で、一九八〇年に起きたオクトーバーフェストテロの実行犯である。

愛国青年同盟は、バイキング・ユーゲントほど過激ではないが、徹底した民族的国家主義的な路線であることには変わりなかった。愛国青年団は愛国青年同盟の右派の分枝として一九九〇年に設立されたが、二〇〇九年に当時の連邦内務大臣ヴォルフガング・ショイプレによって禁止され、一年後に連邦行政裁判所によって追認された。愛国青年団は「『ナチズム（国家社会主義）』と類似する特性があり、なかでも初期のヒトラー・ユーゲントに通じるもの」があるだけでなく、ナチの指導理念である「血と土のイデオロギーとナチズムの人種学」に結びついており、反ユダヤ主義を広めたというのがその理由だが、まさにそのとおりだと思う。

家族や友人で結社をつくり、自分たちは「エリート密謀団」だと大人たちが気炎を上げているいっぽう、子どもたちは聖霊降臨祭のキャンプや夏至祭で集まっていた。キャンプファイアーを囲んで座り、禁止された歌を歌い、森の中を何キロも行進し、お互い「同志」とか「ハイル、ディア（こんにちは）」などと声を掛け合っていた。私たちは軍事的に訓練され、イデオロギーを教え込まれた。キャンプをしたのは、森の中のキャンプ場や人の住んでいない沿岸などだった。

夜になると、人種学や我々の世界観の生物学的な根拠、あるいはルーン文字などの授業を受けた。それから、ナチのプロパガンダ映画『永遠のユダヤ人』を見たり、ナチの詩人、ハインリヒ・アナッカーの詩に耳を傾けた。

全員が確固たる思想統一体で、個人の意志や好みはほとんど認められなかった。ときどきユースホステルに泊まることがあったが、そういうときには、掃除のおばさんが来る前に、旗やバッジ、歌の本などを片づけるのが大事な仕事だった。あるときおばさんに腕をつかまれて、どういう団体なのかと聞かれたとき、私はすまして答えたものだ。「カトリックのドイツ青年団です」

愛国青年団の親に貧しい人や庶民はいなかった。多くが大学教授や歯科医などの地位のある人たちで、高学歴、高収入の、狂信的な大人の集まりだった。彼らは子どもに教え込んでいた――この病んだ社会にあってお前はわずかに残る健全な社会の一員なんだ。そういうふたつとない栄誉に浴しているんだよ。

見たところ、キャンプはボーイスカウトのように組織されていた。イデオロギーがなければ、ショッピングモールに代表される膨れ上がる消費欲望に対抗する生き方にも見えたことだろう。なにもかもが表面的で、操作されている消費社会に対抗して、自然に親しみ、新鮮な空気の中で身体を動かすまじめな集団のような体裁をとっていた。

けれども実態はそうではなかった。もっとよく観察すれば、ここで実際はどんなこ

愛国青年団のキャンプで。右端が著者

とが行われていたかがわかる。私たちはナチのエリートへと、つまり権力奪取の暁には第四帝国のリーダーとなるべく、システマティックに教育されていたのだ。

初めて「褐色の《ナチ》」キャンプに行ったのは三歳のときで、両親が付き添っていた。ひとりで、というか子どもたちだけで参加したのは五歳のときが最初だった。初めて外国のキャンプに行ったのは八歳のとき。それはポーランドで、父の言葉を借りれば東プロイセンだった。ボーイスカウトの子たちから旗を盗んで切り裂き、ものものしく焼いたことをいまでもよく覚えている。

屋根裏の箱には、二、三カ月ごとにポストに投げ込まれる「お知らせ」もあった。いま読み返すと、よくもこんなところに自分の子どもたちを行かせたものだと唖然《あぜん》としてしまう。

「我らが同志よ！」
「行動は名声に勝る」がこの年の座右の銘である。（……）静かで怠惰な小市民の暮らしなど、我らはとうの昔に彼方へ追いやった。
我ら屈強な若者は、この時代を力いっぱい駆け抜け、朽ちた古きものを打ち砕き、わが民族の新たな未来を構築しようではないか。

聖霊降臨祭キャンプは最も重要な共同体体験であり、共同体として一体となるべく我らに準備させ、鍛え、行動への道を示すものである。

持ち物
背嚢あるいはリュック、水筒、飯盒、ナイフ、フォーク、スプーン、携帯口糧入れ、石けん、タオル、靴磨き用具、筆記具、歌の本、懐中電灯、シュラーフザック（寝袋）、キャンピングマット、運動靴、下着、コンパス

男子
灰色のシャツ、留め金つき革ベルト、靴、黒の短ズボンと長ズボン、民族舞踊用衣装

女子
白いブラウス、青いスカート、靴、民族舞踊用衣装

参加は絶対的な義務だった。欠席する、あるいはときどきしか出ないでいると、叱責の手紙が舞い込んだ。そこにはこう明言されていた——愛国青年団は、休日の同好

会などではない。身も心も捧げ、生涯にわたって義務を負うべき団体である。

はじめの数年間はキャンプの生活は耐えがたかった。毎晩、シュラーフザックの中で羊のぬいぐるみにしがみついて、あといくつ寝たらお家に帰れるんだろうと指を折っていた。幸い時間が経つにつれて、それほどつらくはなくなった。人間、なんでも慣れるのだ。また大きくなるにつれてこのばかばかしいパラレルワールドでの身の処し方が上手くなっていき、ときどきはここの厳しい規則をすり抜けることもできた。

一二歳のとき、同い年の男の子が好きになったときには、この幼い情熱のおかげでなんとキャンプが楽しみになったほどだった。とはいえ、そこでの権威主義的なやり方がストレスだったことは変わりなかった。

暴力的なスキンヘッズのあいだで、ニグロとか、ポーランド野郎、支配者民族などという言葉が飛び交っていたのとはちがい、私たちはより深く、より観念的に体制批判へと導かれた。洗脳は意識下でなされ、持続的な力を持ち、徹底的だった。

多文化社会やEU、ドイツ連邦共和国といった知的な敵に対抗できる、政治的にものを考える兵士となるべく教育されたのだ。キャンプでリーダーから繰り返し思想を刷り込まれていたとき、私たちは何も考えていなかった。耐えがたいことはほかにあった。たとえば、絶え間なくあったサディステックないじめだ。

日課は朝から夜までがちがちに決められていた。団旗を掲揚するときには、凍《い》てつくような寒さでも三〇分間は直立不動で立っていなければならなかった。お菓子、MP3プレーヤー、携帯は禁止。代わりにフルートやギターを持参することになっていた。一挙手一投足が見張られ、コントロールされていた。例外はなし。お目こぼしは絶対になかった。人間としての魅力や共感は何の力も持たなかった。軍事的な厳格さと規律、不安と抑圧の空気が全体を支配していた。テントは「総統のシェルター」あるいは「世界首都ゲルマニア」と呼ばれ、入り口にある「祖国と民族に忠誠を」という銘文の記された木の盾が人目を引いた。

「グレーハウンド犬のごとく敏捷《びんしょう》にして革のごとく強靭であり、クルップの鋼鉄のごとく堅固であれ」かつてアドルフ・ヒトラーは、ヒトラー・ユーゲントに対してこう望んだ。一九三五年の演説では力を込めてこういっている。「人生で何もせずに手に入るものは皆無である。すべて戦って勝ちとらねばならん。諸君は決してくじけることなく、剛毅であること、欠乏に耐えることを学ばねばならん」

軟弱なものはすべて破壊されねばならず、若者は自分の本能や本性、民族として自己主張する意思を取り戻さねばならない――ヒトラーはそう説いた。

そのときから七〇年近く経っていたにもかかわらず、次の点ではほとんど変わっていなかった――男子は灰色のシャツあるいは紺の上着、女子はブラウスに長いスカート。制服をきちんと揃えて来なかったり忘れたりすると、家に手紙が送られた。

「注意を喚起する――我々の制服は薄い青や灰色でもなく、縞のセーターでもない。不足しているものは貸し出す。襟《えり》巻きや手袋もくすんだ色でなければならない」

カラフルなものは禁止。きれいな色は敵だった。私たちは全員同じように単一で、見分けがつかないようでなければならなかった。愛国青年団は秘密結社であり、団結した部隊、若手軍団だった。私たちはまだ子どもで、それぞれに違った望みや能力、興味があった。それなのに顔のない塊として扱われたのだった。数年後に受け取った「週末の民族舞踊の誘い」にはこうある。

「我々が求めているのは、活きのいい若者であって、しおたれた輩ではない。決して敵に屈することのない闘士を求む。我々はこの身を捧げる――だから君を求む！」

基本的にいつも「ハイル・オイヒ、同志よ！」で始まっているキャンプの案内状は、ドイツ連邦共和国についても触れていた。「多文化というこの病んだ社会の中では、我々の文化は息の根をとめられてしまう」

愛国青年団は共同体と家族によって多文化に対抗しようとした。団員はこのままずっと団結し、団員同士で結婚してできるだけたくさん子どもをつくり、世代を超えた共同体を形成する。気分のよさとかちょっとした楽しみは二の次で、大事なのは婚姻であり、身も心も捧げる共同体である。婚姻というコンセプトは、家庭を持ったために団員が減ることを防ぎ、ドイツの民族共同体という意識で次世代が教育されることを保証する……。この計画はうまくいき、脱退率はほとんどゼロだった。彼らの多くはハウスシェアリングをしていて、田舎に住み、周囲を自分たちのコントロール下に置こうと目論んでいる。

リーダーは二〇代から三〇代で、多くはまだ学生だった。彼らは基本的にふたつのグループに分かれた。ひとつは、私たちを責任感ある人間に教育しようと真面目に考えているグループで、たとえそれが怪しげな内容だったにせよ、教えることに喜びを感じていた。もうひとつのグループはサディストで、私たちに自分のコンプレックスをぶつけていた。

キャンピングマットでお腹を抱えていた六歳の男の子はこういわれた。

「なに？　腹が痛い？　痛いなどという言葉は我々にはない。とっとと朝練へ行け」

無論のこと、どのスポーツにもそれぞれ目的があった。私たちを楽しませるためではない。七〇年前と同様、スポーツは民族共同体とドイツ人という人種を強くするためであり、身体はレジャーや表現をするためではなく、戦争や革命の道具なのだ。

キャンプの雰囲気は非常にエリート的で、常に不安が色濃く漂っており、それは選ばれたマイノリティだと私たちに感じさせるうえで役立っていた。リーダーを含め、アルコールは厳禁で厳しく見張られていた。もしビールやシュナプス［無色の強い蒸留酒］の瓶を手にしてるところを見つかろうものなら、ただちにキャンプの委員会にかけられる恐れがあった。気楽で呑気なのはよくないとされ、モットーは、規律と忍耐だった。一年中、いつでも。

姉がほかの女の子と喧嘩したときは、太陽がガンガンに照っている中で、背中と背中をくっつけたまま、ふたりとも気が遠くなるほど長いあいだ立たされた。女性リーダーに鼻血が出るほど激しく顔を殴られている女の子を見たこともある。

自分たちは結束の固い共同体だと誰もが強調していた。Xデー、つまり政権奪取の日が近づいている。同志である我々は常に戦友であり、いざと言うときにはこの身を捧げるのだ……。

だが、一体いつそんなときが来ると言うのだろう？　アメリカが攻撃してこないことはとっくにわかっていた。結局のところ、それは私たちをつなぎ止めておくための空疎な決まり文句にすぎなかったのだ。

＊＊＊

クリスマスと大晦日のあいだに参加したキャンプのことはいまだに忘れられない。あれは初めのころのキャンプだったのだろう。と言うのは、怯えて途方に暮れていたからだ。何も言われずにいきなり車に乗せられ、放り出された。もし父の言うとおりになっていたら、その一年前に連れていかれていたかもしれない。そのときは母がどうしてもダメだと言って反対したという。

よく覚えているのは、とても大きな部屋に寝かされていたことだ。ちょうど昔の映画に出てくる寄宿舎のような部屋だった。どうしようもなく寂しく心細かった。この暗闇のどこかに姉たちがいて、やっぱり自分のように不安で胸を一杯にして天井を見つめているだろうと思うことだけが心の支えだった。

それでもいつの間にか寝入ってしまったらしい。突然ファンファーレが轟《とどろ》いてたたき起こされ、慌てふためいてベッドから飛び降りた。朝の七時だった。さぁ何もかも大急ぎでやらなければならない。服を着て小走りで外に出て、朝の体操のために中庭へ行った。男の子たちは腕立て伏せ、女の子は屈膝《くっしつ》をすることになっていた。どんなに寒かろうと、マイナス五度であろうと一〇度であろうと、着せてもらえたのは白いTシャツと黒っぽいトレーニングパンツだけ。

それからシャワーをあびて朝食。毎朝オートフレークにりんごのムースをかけたものが出た。私はオートフレークが好きだったが、毎朝となると閉口した。おまけに、朝食の前に課題があった。誰かひとりを指名して民族主義的な箴言《しんげん》を唱えさせるのだ。お祈りはあまり歓迎されなかった。

毎日どきどきしていた。手当たり次第に指名するので、いつ当たるか、まったく見当がつかない。ただ、幸い私はほとんど当たらずにすんだ。周りの子たちはどうもそのために準備してきていたようだった。というのは、誰もが何かひとつは、すらすらと暗唱してみせたからだ。勇敢にもダジャレを披露した子がいたが、罰としてその日一日台所の手伝いをさせられた。

朝食のあとはベッドメイキングをしなければならない。それがすむと身長順に並んで直立不動の姿勢をとる。そこへグループリーダーが厳しい顔つきでやってきて列に沿って歩き、棚やリュックの中を調べてから、掛け布団をはねのけて点検する。やり方が雑だとやり直しをさせられた。検査が終わると、朝礼が始まる。

再び中庭に集められ、団旗を掲げるマストの周りに馬蹄形になって集まる。当番のふたりが旗を掲げた。団旗には白と黒を背景に赤く燃える炎が描かれている。

しゃちほこばったスピーチのあと、前の日の落し物のリストが読み上げられる。返してもらうためには腕立て伏せを一〇回しなければならない。それからその日の予定が知らされる。近くの街を訪ねることもあり、野外プールや博物館見学、野外演習をすることもあった。そのほかいろいろな作業グループがあった。女子のグループには、たとえば匂い袋を縫う、森でハーブを集める、編み物などがあり、男子のほうにはボクシングトーナメントや櫓《やぐら》づくりなどがあった。

応急手当ての講習やナチスのシンボルをつけた狐狩りゲーム、クロスワードパズルなどもあった。これは特に私たちのためにつくられたパズルで、答えはたとえばヴェルディのオペラなどではなく、最後のドイツ帝国の総統の名やシュレージエンの首都はどこかといったようなものだった。

編み物は好きではなかったので、よく男子の工作グループに加わっていた。あるとき、ベニヤ板で「ドイツの地図」をつくって「ドイツの色」で塗った。ここでいう「ドイツの地図」とは一九三七年時のドイツの領土を、「ドイツの色」とは、黒白赤、つまりビスマルクが樹立したドイツ帝国の旗の色を指していた。団旗の色もここから来ている。私はそれを当然だと思っていた。だって、そう教わったのだから。

それでも隣りの男の子がハーケンクロイツを描きいれたときにはやはりショックを受けた。次の瞬間にはもうパニックになっていた。といっても、その子がハーケンクロイツを描いたからではない。そんなことは日常茶飯事だった。そうではなく、これがばれて、警察に捕まったらどうしようと思ったのだ。

私の恐怖は根拠のないものではなかった。キャンプにいるときは、夜中に起こされてすぐにテントを出発するかもしれないといつも思っていた。警察に立ち退《の》かされるという噂や報告が繰り返し飛び交っていたからだ。それどころか綿密な疎開計画もあり、定期的に予行演習をしていた。

あるとき、真夜中に起こされた。リーダーがそっとテントに忍んできて、私たちを揺り起こし、低い声でいった。

「つべこべ言わずにすぐに森に逃げろ。警察がやってくるぞ」

私は縮みあがった。外は真っ暗で、これからどうなるのか、見当もつかない。

私たちは森へと追いやられ、ガサガサいう音や枝が折れるパキッという音をそこら中で聞いた。木々が静かに立っている闇の中を、私たちはこけつまろびつ走って行った。懐中電灯の光が見えたが、私は持っていなかった。と、暗闇の中から物音がして、男性の低い声がした。歌声も。空き地に着くとリーダーが待っていて、森の中に突き立てられた杭の前へ私たちを連れていって懐中電灯で照らした。警官など影も形もなかった。代わりに目に入ったのは、杭に突き刺さっていた血まみれの豚の頭だった。お前たちを鍛えるためだと、リーダーは言った。


一三歳のとき、「トイトブルクの森の戦い」の模擬戦をすることになった。これは紀元後九年にローマ帝国がゲルマン諸部族軍を相手に壊滅的な敗北を喫した戦いだ。古代ゲルマンの一部族であるケルスキの族長、アルミニウスがローマの三軍団を打ち負かした、西洋史の中でエポックとなる出来事だった。そう、これは「偉大なるドイツ」という夢物語のそもそもの始まりなのだ。それから二〇〇〇年……私たちはローマ軍とゲルマン軍に分かれ、当時と同じトイトブルクの森の中を駆け回って、敵の旗を奪おうとしていた。

私たちはみないくつもリストバンドをしていた。これは命を意味するバンドで、敵に取り押さえられるたびにひとつ奪われる。ルールがないので、かなり荒っぽくことが進んでいた。だから柔道や空手ができる人は有利だった。足が遅いうえに臆病な私はこういう野外演習は大の苦手だった。しかもやせていたから、体格のよい相手にはどっちみち勝つ見込みはなかった。

次から次へとリストバンドを奪われた私は、おかげで数分後には外からこの戦いを眺めていられた。このようなゲームは私たちにドイツ民族の歴史やその誕生の神話に親しませることが狙いだった。常にこのようなモットーに従って――過去を知らない者は、未来の方向を定めることができない。


ヒトラー・ユーゲント同様、愛国青年団にも、序列、バッジ、試験からなる厳しい競争および選別原理が働いていた。キャンプの最終日にはピンプフテストなるものを受けなければならなかった。ピンプフとは第三帝国時代の一〇歳から一四歳までの少年団員を指す。つまりヒトラー・ユーゲントとドイツ少女団に入る前の子どもたちだ。この試験に合格するにはいくつもの課題をこなさなければならなかった。

1、ドイツ国歌を一番から三番まで歌い、さらに愛国青年団の団歌を歌う
2、食前に唱える箴言を暗唱する
3、地図とコンパスを読む
4、五種類の結び方で紐を結ぶ
5、戦後失われたドイツの領土をすべて数え上げる
6、伝令走（テキストを読んでもらってから、一キロ休まずに走ったあと、一字一句正確に復唱する）

ここまでうまくできた子は、最後の肝試しに合格しなければならないのだが、残念ながら私はそれがどんなものか知らない。いつも「コンパスを読む」ところで落第していたからだ。話に聞いたところでは、目隠しをされて様々なものを口の中に押し込められるのだという。一種のジャングルキャンプのようなものだと言える。リーダーは、ハチや毛虫だと言っていたそうだが、実際は小麦粉をまぶした、ただのくまさんグミだったらしい。最終試験に受かると、ナイフを持つことが許された。男子は革の鞘に入ったナイフ、女子はじゃがいもをむくのにちょうどいい小さなナイフ。

いまでも覚えているが、キャンプのことを話したとき、幼稚園の友達のお母さんが

とんでもないつくり話だと決めつけたことがあった。私は不服だった。ハーケンクロイツや夏の暑い盛りに二〇キロも行進したことなどは話さなかったからだ。私はまだ六歳だったけれど、親やきょうだいでない相手にどこまで話していいのか、よくわかっていた。何もかも話してしまうのが怖かったのではなく、単に大人と秘密を分かち合うのが楽しかったのだ。

両親から信頼されて、このささやかな秘密によって結ばれているような気がしていた。学校で夏休みはどこに行ったのかと尋ねられると、いつもボーイスカウトのキャンプに行っていたと答えていた。

とはいえ、秘密の情報が漏れたこともあった。あれは三年生のときだった。現在国歌として歌われているのは昔の三番だけで、一番と二番は歌われないことを先生に教えようとしたのだ［一番はナチス時代によく歌われたため。二番は歌詞が通俗的なため］。私にとってこれはわかりきったことだった。そんな基本的な歴史的事実について先生が知らないことに私はショックを受けた。だから次の日に自分の「歌の本」を持って行って見せた。それに目を通すと彼女はくるりと背を向け、二度とこのことに触れようとはしなかった。

愛国青年団は『フンケンフルーク（飛び散る火の粉）』という雑誌も発行してい

た。この雑誌は季刊で、団の近況だけでなく、武装親衛隊やナチのレジェンドの親族についても報告していた。新規の読者によくわかるようにと、社会学者ヴェルナー・ゾンバルトの言葉を引いて自分たちの世界観を説明している記事もある。

「価値ある生とは、そのためにならば命を捨ててもいいと思えるもののために生きることである」

愛国青年団の過激思想を否定し、ベールをかけてごまかす試みは繰り返し行われていた。しかし、実際は、急進的な右翼国粋主義の組織であり、後継者をリクルートするのが目的だった。キャンプで一緒だった多くのメンバーが、後に国家民主党あるいはその外郭団体で頭角を現した。

たとえばティーノ・ミュラー。彼は何年もメクレンブルク＝フォアポンメルン州議会の国家民主党議員をつとめ、とりわけ「ニグロギャング」の撲滅運動と「外国人の犯罪を解決するための特別機動隊」に肩入れしていた。愛国青年団の信奉者だったダーフィト・ペーテライトも、同じ州議会の国家民主党議員であり、ネオナチのファン向け雑誌『白い狼』を発行しており、二〇〇二年、つまり国家社会主義地下組織の犯行が明るみに出る九年前、誌上でこの組織に感謝の意を表していた。アルフ・ベルムは愛国青年団の幹部になり、ある年の夏至祭でヒトラー・ユーゲントのプロパガンダソングを歌わせた。有名な右翼のシンガーソングライターで国家民主党幹部のイェルク・ヘーネルも愛国青年団のメンバーだった。

ドイツで右翼を存続させているのはこれらの男たちだ。彼らは政党や右翼団体に属して、農場を買い、有機農業者や動物保護者の仮面をかぶって難民宿泊施設に対する抗議運動を組織する。あるいは民族主義の移住者として農村をじわじわと占拠しつつある。


リーダーの中に特に親しかった人がいた。彼はアレクサンダー・ショルツと言って弱冠二二歳で愛国青年団のトップになった。アレクサンダーは、サディスティックなネオナチではなかった。自分のコンプレックスと欠点を国粋主義的な情熱でカムフラージュするような人ではなく、ユーモアのある魅力的な男性だった。

もちろん厳しいところもあったし、戦闘的な活動に加わっていたこともたしかだ。けれども、アレクサンダーは私にとって希望の光だった。彼がいなかったら耐えられなかったと思ったことも一度や二度ではなかった。ときどき冗談を言ってふざけたり、キャンプファイアーのときにギターを弾いてくれたりしなければ、私は半日でもテントに座って泣いていたことだろう。そしてテントから出た途端、気づかれないように涙を拭《ぬぐ》ったことだろう。

アレクサンダーは別にハンサムではなく、唇は薄く、顔にニキビの跡があった。けれども彼という人を知れば知るほど誰もがひきつけられた。ほら吹きではなく、偉ぶるところもなかった。まるで彼の内側から光が差しているかのようだった。もし教師になっていたらとてもいい先生になったことだろう。彼には子どもの気持ちがわかったからだ。子どもをやる気にさせるにはどうしたらいいかわかっていたし、何かを禁止するときも子どもの気持ちを傷つけないように心を配った。だが――残念ながら彼はナチだった。それもかなり過激な。ドイツのため、我々は心身ともに果敢に闘わねばならない――愛国青年団の目的を彼はそう表現している。

姉が部屋に飛び込んできて泣きながらソファーに身を投げだしたとき、母と私はテレビを見ていた。アレクサンダーが死んじゃった……姉はそう言ってすすりあげ、涙が頬を伝った。

アレクサンダーが死んだ？　まさか！　信じられなかった。少し前に彼が父親になったことを知って喜んでいたのに。それなのに死んだなんて。交通事故に遭ったなんて……。

彼の死を受け入れるまでものすごく長い時間がかかった。いまでもよく彼のことを考える。アレクサンダーは私にとって特別な人だったからだ。もし彼が正しい世界観を持っていたら、そういう立場にいたのなら、と心から残念に思う。

ナチのパレードやペギーダ（西洋のイスラム化に反対する欧州の愛国者）のデモをニュースで見ると、子ども時代に知っていた顔が見つかる。横断幕と旗を掲げた陰気な人たち。思えば私はこういう人たちと一緒にキャンプファイアーを囲んでいたのだ。もし、目を覚まさなかったら、家族や友人たち、右翼の仲間、それまでの人生をすべて捨てなかったら……私もあそこにいたのだ。

二〇〇九年に愛国青年団が公式に禁止されたその数カ月後には、かつてのメンバーは早くもこう宣言している。

「我々の子どもを、今後も引き続き家庭でナショナリストとして育て、徹底的に教育する」

事実、あれから七年経ったいまでも愛国青年団と変わらないキャンプは存在する。名前こそ違うが、イデオロギーを等しくする別の組織によって設立されたものだ。国家民主青年団は、二〇〇九年に利益団体「ハイキング＆キャンプ」を設立し、民族的、伝統的式典を隠れ蓑にして、子どものためのハイキングやキャンプを主催している。

民族的ナショナリズムのようなイデオロギーを世界から永久追放できると考えてはいけない。それどころか、いまでもドイツでは、ナチズムの遺産を受け継ぐべきだと考えている家庭で何千人もの子どもたちが育てられているのだ。もちろん武器や暴力、ナチスに対する恭順、ヒトラー・ユーゲントの歌と共に育ち、市民の仮面をかぶった闘争団体のメンバーとなる子どもたちだ。その子たちにはラインヒルトとかクリームヒルト、あるいはジークフリートというような北方の名前がついていることが多い。

よく知られているのは、有名な右翼の弁護士ヴォルフラム・ナーラトを中心とした一族だ。ヴォルフラムは一九九四年までバイキング・ユーゲントの代表を務め、国家社会主義地下組織の裁判ではミュンヘン上級地方裁判所でラルフ・ヴォールレーベンを弁護した。すでに二〇〇六年にスキンヘッドバンド「人種戦争」のボーカルを、二〇一五年にはいくつもの有罪判決を言い渡されたホロコーストの否定主義者シルビア・シュトルツを弁護している。

こうして彼は、やはりバイキング・ユーゲントの代表であり右翼活動の指導的なメンバーだった父親のヴォルフガングと祖父ラウールの有力な後継者となっている。ドイツにおける極右勢力は大きくはない、けれども組織がしっかりしているうえに、ネットワークが緊密で、お互いによく知り合っている。一見無害なキャンプから国家社会主義地下組織の残忍な行為まではほんの数歩にすぎないのだ。

第六章

右翼社会の男と女

お前のジャンプブーツは優しさに飢えている

右翼のあいだの恋愛は微妙なテーマだ。誰もがそれに憧れており、けれども誰もそれについて語らない。彼らの多くは愛を受け入れるには臆病すぎるのだ。

右翼の世界では、女性に対して、そして責任を取ることに対して不安を抱いている男たちが大半を占めている。相手の女性の目をきちんと見て議論したり、愛情込めて子どもを育てたりするには彼らはあまりにも未熟なのだ。要するに一四歳から三五歳のチンピラ集団に過ぎず、何の目的もなく夢もなく情熱もない。ただ飲み屋に陣取ってビールを飲み、気炎を揚げて、おたがいに言い合うだけ。「怖いもんなんかねえよな、俺ら」

夜、ナチが集まると、いつも同じような経過をたどる。気持ちよく時間が過ぎていき、他愛のない話をして音楽を聴く——そのうちにみな飲んだくれて本音が出る。押し殺していた欲求不満や憧れが顔を出すのだ。酔いつぶれると、大声でわめいて攻撃的になるのがいる。かと思うと、メソメソしてメランコリックになるのも。そしてその真ん中には、恥も外聞もなくあけすけに言い寄られる女たちがいる。

一五から一六歳の、いずれにしても未成年の少女たちが、年上の仲間たちから、力ずくだとかレイプだとまでは言わないまでも、決して愛情や責任のある態度ではない、そういうやり方で扱われているのを私は何度も見た。いずれにせよ、彼女たちが喜んでいると思ったことはない。反右翼のパンクバンド「ディ・エルツテ」は歌う。

お前の暴力は愛を求める声にならない叫びだ
お前のジャンプブーツは優しさに飢えている

残念ながらこれは半分しか正しくない。多くの場合、暴力は愛を求める声にならない叫びではなく、台無しにされた子ども時代の結果に過ぎない。ネオナチの女性について観察し、分析した本『女たちのこと（Mädelsache!——Frauen in der Neonazi-Szene）』には、脱退した女性の言葉が次のように引用されている。若い女の子は何よりもまずセックスの対象として見られていたという。

女たちはそこで次々とまわされる。男から男へ。なんのことはない、あれはグループセックスクラブそのものだった。

ただ、トイレでセックスをするとか、女たちにも責任はある。(……)政治的には彼女たちはまるで無知だった。

私もそういう女たちを何度も目にした。数の少ない若い女はまるで戦利品のようにまわされ、これでもかとばかり、男たちの愛に対する抑圧された憧れの受け皿にされる。

九〇年代にはまだ、古典的なスキンガールがいた。タトゥーをいれ、ジャンプブーツを履き、いわゆるフェザーカットをしている娘たち。頭の後ろを剃って、染めた髪の毛をたてがみのように顔の周りに垂らすのだ。

私は髪を伸ばしてジーンズを履き、フードのついたセーターを着ていた。ネオナチでございと言わんばかりのスタイルはまっぴらご免だった。馬鹿なことを思いつかないようにスキンガールはライブの追っかけをやり、それでも家にいるときには、青臭い感傷的な考えをこっそり日記に書きつけていた。

そんなのは絶対嫌だった。追っかけだの取り巻きだのはプライドが許さなかった。私が愛国青年団で受けたのはそんな教育ではない。私が従うのはある思想にであって、ビール腹の男にではない。私は自分を選ばれた人間で知識があると自負しており、弱虫でも未熟でもないと思っていた。パーティで舞い上がって髪を剃ったことも、当時流行っていた右翼ロックバンド「シュテアクラフト」を親に内緒で聞いたことも、途方にくれた両親とうんざりするような議論をしたこともない。ネオナチのシンボル、ボンバージャケットを買うために小遣いを貯めたこともないし、白い靴ヒモを見せびらかして辺りを闊歩《かっぽ》するなんて……冗談じゃない。

「親に食わせてもらっているあいだは……」なんて言われたこともない。社会主義が崩壊したあと、スキンヘッズが地元や学校を恐怖と不安に陥れた。統一後、この国に新しく現れたこれら極右の若者たちのグループと私は縁もゆかりもなかった。自分を根なし草と感じたこともなかったし、親に反抗したり何かを隠したりする必要もなかった。それどころか、社会の破壊分子でいろ、と父から背中を押されていたのだ。

ナチの男が仲間の前で恋人を抱きしめたりキスしたりすることはないとは言えないが、稀だ。そうする男がいるとしたら、陰で笑い者にされる心配のないリーダー格の男だろう。恋人のいる男たちはたいてい、恋人の機嫌を取り、彼女たちが問題を起こさず、なにより別れを言い出さないように気を配る。

というのも、周りに仲間がいず、一席ぶつこともできず、日頃目の仇にしているパンクスも近くにいない静かなときには、恋人が必要だからだ。

彼らの大半は、拠り所とひとりの女を、自分を誉めそやしてくるだけでなく愛してくれ、尊敬してくれる女を心の底では求めている。けれどもそういう女はまず手に入らない。それどころか、彼らは自立した女と知り合うチャンスすらないのだ。それはまた組織にとっても望ましくないだろう。自立し、分別のある女を愛したら、活動には大きな痛手になる。そうなれば彼は市民的な人生へと必然的に軌道修正することになり、革命に背を向けてしまうからだ。

個人にとってのプラスは、集団にとってはマイナスになる。したがってある部分では組織的に、またある部分では無意識に進んでいく力は、そうならないように働く。つまり、右翼勢力は怪物クラーケンよろしく触手を伸ばして、出て行こうとするメンバーを捕まえて引き戻すのだ。満たされない愛は、本格的な右翼になるための理想的な条件だと言ってよい。

ネオナチの出会う女性は限られているので、せいぜいのところ、ばかを一緒にやる手近な女を捕まえ、彼女にときどきキスをするか、あるいはテーブルの下で膝に手を置いて黙らせることになる。

右翼の女たちの多くが自尊心を持てないでいることは間違いない。仲間の誰とでもベッドに行く一七、八の女の子たちがいた。それがやむのは誰かの子をはらんだときだ。それからはこうなる――目をつむって耐える、家族を演じる。生活保護や失業給付金もあるし、どうにかなるさ。そして実際にどうにかなってしまう。多くは何の計画も目標もなく生きていく。アドバイスしてくれたりあるいは導いてくれたりする誠実な恋人も知り合いもいない。

たいていの女の子は、せめて強い男を見つけようとする。争いに強いリーダー。周りから一目置かれている男。そして彼のそばにいれば自分も何者かになれるかもしれないという虚しい希望を抱く。

ネオナチから抜けた若い女性の記事を読んだことがある。組織にいたときの「獲物を探す基準」について、彼女はこう言っていた。

「優しいとか、かっこいいとか、そんなことはどうでもいい。大事なのは、前科があるか、身を守ることができるか、だった」

(『ヴェルト・アム・ゾンターク』二〇一二年八月一二日)

とはいえ、なかには、しっかりした女たちもいる。彼女たちは組織に受け入れられ、溶け込んでいるだけでなく、自分の活動場所とネットワークを持っている。少数ではあるが、だからといって甘く見てはいけない。

彼女たちは「全国の女性たちの輪」などの組織をつくり、同好会や父母サークルなどに参加する。まさに無害に見えるからこそ危険なのだ。男たちより社会的な能力があり、親しみやすい彼女たちは、右翼勢力にとって貴重な存在だ。あまり攻撃的でなく、むしろ風変わりではあるけれど愛すべき隣人のような印象を与えるので、広報活動にはうってつけなのだ。

市民の立場に立っているようにふるまい、民主的な文化の中に潜入して、子どもたちの将来とか、よりよい学校制度といったソフトなテーマで点を稼ぐが、背後にはナチス的な世界観が潜んでいる。右翼社会と市民社会との仲介、幼稚園や学校、サッカークラブ、村祭り、地方政治で橋渡しの役割を果たすのもこれらの女たちだ。こういう女たちについて、先の『女たちのこと』では次のように記されている。

地方ではよりスムーズに社会的に受け入れられることが多い。一般的に地方選挙は女性の候補者の方が男性候補者よりも成功する確率が高い。また、ネオナチの世界でも彼女たちは公に姿を見せることなしに「ドイツのための戦い」に加わり、「外国人の割合の増加」や六八年世代の教育者による「再教育（たとえばナチスの犯罪について教えること）」に反対し、「過激なフェミニスト」に影響されないように呼びかけている。

ナチスのイデオロギーに従って日々の暮らしを形づくり、恋人や夫を支え、彼らの政治的な活動を支援する。そして伝統的な、しばしばナチのような役割意識で家族を導き、エリートとしての美徳に従って子どもたちを教育する。運動の表面には出ないが忠実に支え、世間的には自信のあるエネルギッシュな女性としてふるまう。

右翼の人間は市民社会の中で認められたいと思っている。その際女性たちはこの上なく効果的なツールなのだ。二〇〇六年、メクレンブルク＝フォアポンメルン州議会で、国家民主党が七パーセントの票を獲得したとき、党首のウド・パステールスは言った――これはもの静かで忠実な、実行力のある女性たちのおかげだ。

いまでは活動を禁止されている「ラントサー」は、「アーリア人の子ども」という歌のなかで「優秀なのは純血な人種だけ」と歌って、ナチズムに共鳴するドイツの母親と子どもたちに敬意を表したことで右翼のカリスマになった。

これらの女性たちの多くが非常に小市民的だということには、何度でも驚かされる。世界革命を夢見ながら、信じられないほどちまちました小市民的な生活を送っているからだ。国家社会主義地下組織裁判で、共犯のベアーテ・チェーペは、実行犯であるふたりのウーヴェと政治について話すことはほとんどなく、いわんや銀行強盗が口の端にのぼることはなかったと証言した。夜になると「リスク」や「カタン」のようなボードゲームをやっていたと言う。

ベアーテはまたとても本が好きでファンタジーロマンやサスペンスを読んでいた。『指輪物語』や『ハリー・ポッター』、グリシャムの小説が好きだったという。テレビドラマは『デスパレートな妻たち』、映画はミス・マープルシリーズや『小公子』が好きだった。小公子のセリフ「誰でも自分の人生によって世界を少しばかりよくしなければいけません」に、彼女はうなずいたに違いない。

ナチの世界に身を置いていたとき、私は何度も思った――目立たない人間こそ危険である。よく喋る人間はたいていほら吹きであり、過激な人間はむしろ無口で、大言壮語するより行動するほうを好む。

エルサレムでアイヒマン裁判を傍聴したハンナ・アーレントは書いた。「アイヒマンという人間の何が私たちを不安にするのか。それは彼が世の中の多くの人たちと変わらなかったこと、そしてこれら多くの人たちが異常でもサディスティックでもなく、それどころか驚くほどふつうだったこと、そしていまでもそうであることだ」

＊＊＊

二〇〇六年、一四歳の私は生まれて初めて国家民主党の集会に参加した。あれは私にとって特別な日だった。なぜなら、右翼世界へと大きな一歩を踏み出しただけでなく、ひとりの男性と知り合ったからだ。それから何年もたってから、私は彼とともに褐色の過去ときっぱりと手を切ることとなる。それが現在の私の夫、フェーリクスである。

集会はあるレストランの奥の部屋で開かれた。私は国家民主青年団に加わったばかりだった。何週間たっても会員証が送られてこなかったので、しびれを切らした父が本部に電話して苦情を言った。三日後、ポストに会員証が入っていた――こういうことを私はその後の人生で何度も経験した。私の名前を聞くと、周りが尊敬の念を示したのだ。

「なんだ、レーデカーさんのお嬢さんだったのか。だったら最初からそう言えよ」

それからは定期的に案内が来るようになった。集会や議論、イベント。当時の案内状を読むと、こんなそらぞらしい文章に感動していたのかと、信じられない気がする。

「国家民主青年同盟」は、世界観をひとつにした新しいタイプの青年運動であり、革命を目指すものであって、ここで活動する者は非常に期待されている。国家主義的運動に参加する事は全き行動主義であり、実践し犠牲となる覚悟は不可欠な前提である。エゴイスティックな愚かな消費者、フェティシスト、シンパ気質の人間にはとうてい耐えられまい。理想主義、責任感、持続的かつ不断の個人的な意欲、同志意識、そして共に考える能力、これらは同志すべてに求められよう。

（……）組織された意思のみが力となるのだ。

けれども、あのときはようやくここに入れたという誇らしい気持ちでいっぱいだった。国家民主党の集会はフュルステンフェルトブルック（バイエルン）のレストランで開かれていた。私を見て人々がどう反応するか不安だったので、すぐには中に入れなかった。部屋は板張りで男たちが数人座っていた。本当に男しかいなかった。中年の人たちは黒っぽいジャケットを着ており、もう少し若い人たちはハリントンジャケットを着ていた。私は立ち止まって、何回か深呼吸をして部屋を見回した。知り合いはひとりもいない。どこに座ったらいいのかわからなかった。

そのときウド・パステールスの姿が目に飛び込んできた。国家民主党の副党首で、この中で一番の権力者だ。どうしてそんな気になったのか自分でもわからないが、私はパステールスのほうへ行った。テレビで何度も見ていたせいか親しみを感じたのかもしれない。

パステールスはコーヒーを飲みながら新聞を読んでいた。感じがよく、私にとってはおじいさんのようでもあり、親切なきちんとした人という印象だった。

「おいで。ここに座んなさい」私を見ると、彼はそう言って微笑んだ。シュヴェリーン出身の金細工師、ウド・パステールスは、ずっと私のヒーローだった。なぜか？仲間より過激だったからだ。酔っ払ったチンピラ相手にほざくのではなく、公の場で、中央広場で堂々と自分の意見を言っていた。教養があってエレガントで、自信に溢れていて勇敢だった。歯に衣着せずにものを言い、言ったことをちゃんと行動に移す。そのために非難され、拒まれ、憎まれている男だ。そこがすばらしいと思っていた。敵の多い人間は――本物に違いない。

「敵多ければ、誉れまた多し」私たちのあいだではそう言われていた。パステールスは極右思想を隠さず、過激だった。民主主義を改革しようとしているなどと言ってごまかそうとはしなかった。それから何年かあと、ドイツを「ユダヤ人共和国」と呼んだため、パステールスは民衆煽動のかどで有罪判決を申し渡された。

だんだん人が増えてくる中で、パステールスは私と話した。ほんの二、三分だったとはいえ、新人の私が党の第二の男と話をしたのだった。

フェーリクスが私の注意を引いたのは、ほかの人たちより飾らない雰囲気があったからだ。彼は二〇歳で、ジャンプブーツではなく、ニューバランスのスニーカーを履いていた。いかにもこの場にいそうなタイプではなく、むしろ地下鉄で知り合うほうが自然な青年だった。会場整備係をしていたが、「ハイル、ディア（こんにちは）」といわなかったのは彼だけだった。ただ「やあ」とだけ。もし愛国青年団のキャンプだったら変な目で見られたことだろう。

真ん中で分けたヘアスタイルは残念ながらあまり似合っていなかったけれど、そんなことは気にならなかった。フェーリクスは集団に埋もれることなく、個人として堂々とふるまっていた。会場の外にアンチファ（アンチファシスト）の活動家が大勢列をなしていたため、どうやって帰ればいいのか尋ねたのがきっかけで、私たちはちょっとばかりお喋りした。

どこからきたんだ？　何をしてるの？　知ってる人、いる？

他愛のない会話だったが、それだけでフェーリクスが親しみやすい心の温かい人だということがわかった。しかし、愛し合うようになり、ともに修羅場を迎えるまでには、さらに二年の歳月を要した。

この数カ月後、初めての彼氏ができた。右翼のロックバンドで演奏していた一八歳の青年だ。私たちの関係もそれにふさわしいかたちをとった。いや、私が恋愛関係だと考えていたものに、と言っておこう。

あるコンサート会場で私は彼に話しかけられた。おたがい酔っ払っていた。周りはうるさく、私もわめき、彼もわめきかえした。二週間後、私たちは一緒にいた。当時私は父と暮らしており、父が与えてくれた自由を満喫していた。父は私の初恋に眉をひそめたが、一四歳の娘がナチのミュージシャンに恋をするのが気に入らないなら、ナチのコンサートで娘に飲み物を注がせてはいけない。あとで記すように、私は父の経営する休暇村のビアホールで手伝いをしていた。

私はたちまち恋に落ちた。一八歳の男が私に興味を持ってくれたということが私の自尊心をくすぐった。しかもそんじょそこらの一八歳ではない。受験生でもなく、パン焼き職人の見習いでもなく、ミュージシャンなのだ。正直言って、彼は特別に頭がよかったわけでも、ハンサムでもなかった。けれども、とにかく、そこそこギターがうまく、舞台で喝采を浴びていた――たとえそこにいたのが酔っ払ったスキンヘッズと一四歳の少女だったにせよ。

けれども長い休みのうち、丸々六週間バウツェンの彼のところに潜り込んでいたときは――私がいなくなって数日たってから父はようやく警察の助けを借りて居所をつきとめたのだが――どうしようもないほどの虚しさを感じていた。週に一度タバコを買うために国境を越えてチェコに行くのがささやかなイベントだったが、私たちは毎日いったい何を話していたのだろう？　まったく覚えていない。

私は若すぎたし、彼は何に対しても無関心だった。二週間も経つと私は彼をからかい始めた。自分の政治的な立場を彼が何が何でも示したがったからだ。バウツェンの街を歩くときも、自分がナチだということを周りに知らせずにはいられない。そのためにはなんでもした。ネオナチ御用達ブランド、トア・シュタイナーを着て、右翼のスローガンで車を飾った。要するに、プレハブ小屋で育った典型的な旧東ドイツのナチ気取りの男だったのだ。鉄筋コンクリート建築の実習をしたあと、人材派遣会社に登録し、あっちこっちで働いていた。

彼と暮らしていたとき、それまでまったく知らなかった風景が私の前に現れた。私たちは夜になると彼の友達と一緒に村のパーティに行って時間をつぶしていた。退屈な人たちばかりだったけれど、いつも何かしら発見があった。なにしろ旧東ドイツというまったく新しい世界だったからだ。

私たちが集まっていたのは奇妙なホールで、なんだか女性同士のお茶会みたいな雰囲気だった。人々は小市民的ではあるけれど親切で、ウールのチョッキを着た中年男性がスキンヘッドと並んで座っていた。みんなが「グリューネヴィーゼ」をおかわりしていた。グリューネヴィーゼというのは、旧東ドイツ生まれの人気カクテルで、どろりとして甘く、ブルーキュラソーとオレンジジュースでつくる。私はもう恋をしていなかったし、ちっとも幸せではなかったけれど、タトゥーを入れてオペルに乗っている男と一緒にいるだけでちょっぴり大人になった気がしていた。

九月、私たちは「民族のフェス」にでかけた。これはテューリンゲンで行われる伝説的な右翼のロックフェスティバルで、毎年ヨーロッパ中の演説者やバンドが集まってくる。私たちはイエーナにある「褐色の家」に泊まった。昔レストランだったのを近くに住むナチたちが買い受けたものだ。そのうちのひとりが国家社会主義地下組織事件で殺人幇助のかどで六つの罪に問われたラルフ・ヴォールレーベンだった。「褐色の家」という名は、ミュンヘンにあったナチ党本部に由来しており、右翼団体の聖地になっていた。

褐色の家は目立たない建物だった。ミュンヘンだったら納屋と言われそうだが、間違いなく彼らにとっては重要なセンターで、シンクタンクであり、酔っ払い製造所でもあった。また講習やコンサート、パーティなどが定期的に開かれていた。週末をそこで過ごせるというので私はわくわくした。窓からは横断幕が下がっていた——「褐色の人（ナチ）のほうが楽しい」「S-ommer（夏）だ、S-onne（太陽）だ、外で過ごそう！」

ここなら自分たちだけで過ごせる、パンクスもおまわりもいない。ただ仲間だけ。誰かに誤解される心配なしに、ようやく思っていることを堂々と口に出せる無法地帯だ。

週末を過ごした私はすっかり感激してしまい、潜伏する仲間のためにいつも一部屋空いていたこともあって、しばらくここで暮らしてみようかと考えたりもしたが、結局やめにした。といっても、理性的な理由からではなく、単にシャワーとトイレが不潔だったからだ。

祖国のために何かを諦めるというのなら、いろんなことを受け入れる覚悟があった。でも、ダメなものはやはりダメなのだ。いま思うと、あのときやめておいて、本当によかった。もしあそこに住んでいたら一体どんなことになっていたのか、想像もつかない。あの家は警察が定期的に家宅捜索をしていた。火薬と武器があるとの噂もあり、繰り返し暴力的な攻撃の拠点になっていた。

一年後、私はもう一度この家に泊まった。国家民主党が主催する集会「テューリンゲンの日」に参加したため、泊まるところが必要だったのだ。そのころには私のことは知られていたので問題はなかった。シュラーフザックを持っていき、缶ビールをもらった。中庭ではキャンプファイアーが始まり、いつものように小さな集いが準備されていた。この日の夜、私はラルフ・ヴォールルレーベンに出会うことになった。

といっても、一緒にいただけで、彼と知り合いになったわけではない。ヴォールルレーベンの異様さは、傍目にも明らかだった。本能的に彼と距離を置いたが、その晩ずっと彼を観察していた。彼は実に奇妙だった。頭のねじが外れている、そんな気がした。

私たちはキャンプファイアーを囲んでビールを飲んでいた。二、三〇人くらいいただろうか。気持ちのよい晩だった。暴言を吐く人も、飲んだくれた人もいなかった。そうしているうちに、もっと景気よくやろうぜとヴォールレーベンが言い出し、ありったけの薪や廃材を投げ込んだ。童話に出てくる意地悪な小人、ルンペルシュティルツヒェンよろしく、これでもかとばかり次々と投げ込んだ。いくら炎が高くなっても満足しなかった。

どうしたんだ、やめろ。周りの連中が、半ば腹を立てて、半ば不安になって叫んだ。夏のことで芝生も木もみんな乾いている。炎はいとも簡単に家を呑み込んでしまうだろう。けれどもヴォールレーベンにはまったく聞こえないようだった。何が何でも思い通りにしようと、執拗に薪を投げ込んでいた。私は火あぶりの薪の山を思わずにはいられなかった。遠くからも炎が見えるだろう。いまにも警察が来るかもしれない。炎が三メートルまで上がったとき、ようやく彼は手を止めた。数分後、周りは落ち着き、警察も来なかった。そして再び気持ちのよい時間が過ぎていった。

さて、初恋の安っぽい幸せは数週間続いた。それから彼という人間がわかってきた。私が彼の下着を洗うのは大歓迎。でも、私にお金も仕事もないのは……どうも。私たちはほとんどの時間を彼のおんぼろ部屋で過ごしたが、酒場や映画に行くとなれば彼は私の分も支払わなければならない。

一緒の暮らしが長くなればなるほど、彼は私が自分に依存していると感じさせようとした。コーヒーをおごってくれるときも、恩着せがましかった。来る日も来る日も同じことの繰り返しで、同じように退屈で、同じように味気なかった。そして……ある朝、恋する気持ちはすっと消えてしまった。彼の瞳を見つめて何も感じなかったら、その日は気分がいいという印で、イライラし、うんざりしたら、気分が悪いということだった。

六週間もすると耐えられなくなった。そこでとりあえずバイエルンの母のところへ行き、四カ月後、別れた。彼に別れを告げたとき、なんとも思わなかった。いずれにせよ、そのころには時たま電話をするだけになっていたのだから。彼に電話したときも、とっくに終わっているけれど、一応けりをつけておこうというくらいの気持ちだった。

「ね、おしまいにしよう」私は電話口で言った。「合わないよね、あたしたち」

数分間の沈黙のあと、すすり泣きが聞こえた。最初はごく低く、それから次第に大きくなった。えっ？　泣いてる？　まさか。だが、すすり泣きはますます大きくなった。私は耳を疑った。一二分もあればいい。それで一件落着。そんなふうに思っていた。

それなのに、どうしたことだろう。まるですごく傷ついてしまったみたい。まるで世界が崩壊してしまったとでもいうみたい……。私は呆気にとられた。

当時私が漠然と感じていたことをいまならはっきりと言葉にできる。要するに、私の初めての彼氏は、ネオナチに非常によくいるタイプだったのだ。つまり、見かけはたくましいが、その実、メソメソして自己憐憫に満ちている男。その両面がきっちりと釣り合いの取れた状態でひとりの人間の中に共存していることは珍しくない。その結果、攻撃的にふるまう男ほど、コンプレックスを抱えていることが多いのだ。

そして、もしあなたがそういうかわいそうなやつの予想外なところを見たり、傷口に触ってしまったりしたら大変、彼は本音を吐いてセンチメンタルになる。けれどもそれはナチにはふさわしくないから——攻撃的になる。いきつけの酒場でつるんでいるチンピラも国家民主党のお偉いさんもこの点では変わらない。右翼の人間の抑圧された感情や衝動とその数多いスキャンダルとのあいだには、直接的な関係がある場合が少なくないと思う。

国家民主党の党員やシンパは、繰り返し児童ポルノや未成年に対する性的虐待に関わっている。たとえばテューリンゲンのネオナチの幹部ティーノ・ブラントは、二〇一四年に子どもや青少年の性的虐待、さらにその幇助と売春の斡旋により、六六の罪によって五年半の刑が言い渡された。以前の党首、ホルガー・アプフェルもまた、わいせつ目的で未成年の同志に近づいたとされ、ドイツ全土で大騒ぎになった。結局アプフェルは辞職し、最終的には離党に追い込まれた。

残念ながらこの世界では、自分を信じる勇気も、自分に批判の目を向ける、あるいは正直になるだけの勇気もない男が大半だ。彼らは自分も愛さないし他人も愛さない。いわんや自立した女を愛することはない。

まるでその反動のように、彼らはナチの家族像を理想化している——強い夫、尽くす妻、たくさんの従順な子どもたち。けれども現実はそれから遥か遠く離れているのだ。ほとんどのナチは子どもとどうやって接したらいいのかすらわからないときている。あまりにも自己中心的なので、子どものために自分の生活をあとまわしにできないからだ。

第七章

仲間と過ごした日々

「寛容の日」だって？　じゃあ、ぶちこわさなくちゃな

フェーリクスに会う回数が増えるにつれ、私は彼を好ましく思うようになった。国家民主党の集会から数週間後、一年前にフェーリクスが友達と立ち上げたというエルディングの〈カメラートシャフト〉の定例会に誘われたのをきっかけに、デモや集会、行進にも一緒に行くようになった。〈カメラートシャフト〉というのは極右政党を支援する一〇人か二〇人くらいの自主グループで、非公式だが戦闘力を備えており、その多くは暴力的で、コントロールしにくい。モットーは、「ひとつになった意志があれば党はいらない」。

面白そう……私はまもなく中心的なメンバーになった。それからは日曜の午後は定例会に行くようになった。

はじめのうち、私は仲間から胡散臭い目を向けられていた。けれども以前愛国青年団にいたことがわかると、彼らの態度はガラリと変わった。愛国青年団で子ども時代を過ごしたことは、仲間内では無条件に尊敬の対象になるのだ。

エルディングの〈カメラートシャフト〉は特に暴力的というわけではなかった。メンバーは六、七人しかいなかったうえに一四歳から二〇歳までの若者で、未成年のほうが多かった。ときどきアウクスブルクやフライジングから友達がやってくることがあり、そのときは一二人から一五人ほどになる。とはいえ、人々を怒らせはしても、不安や恐怖に陥れることはほとんどなかった。

私たちはナイフやバットを持ったスキンヘッズではなく、ニューバランスの靴を履いてハリントンジャケットを着た、暇を持て余したチンピラ集団だった。いくらか知識のある人たちは、私たちの目的を知っていたが、そうでない人たちにとっては郊外の厚顔無恥な一〇代の若者に過ぎなかった。

それでも私たちの存在を無視するのは間違いだろう。なにしろ連邦憲法擁護庁の報告書やいくつもの新聞に載ったのだから。『南ドイツ新聞』二〇〇八年九月の記事にはこうある。

「比較的小さいとはいえ、エルディングとその近郊の極右勢力には、組織というものの典型的な特徴がすべて見てとれる」

たしかに、私たちの〈カメラートシャフト〉を見れば、エルディングというミクロコスモスにおいて、どうやって極右のグループがつくられ、ネットワークを広げ、活動しているのかがわかるだろう。

「彼らの路線はふたつある。NPDと提携した外国人排斥およびネオナチのスローガンのほかに遺伝子操作技術やハルツⅣ条［二〇〇五年に当時のシュレーダー政権が導入した失業者対策］、第三の滑走路に反対することを独自のプロパガンダとして掲げている」

エルディングの〈カメラートシャフト〉は初めから居心地がよかった。その一番の原因はフェーリクスがいたからだった。当時彼には恋人がいたが、私はフェーリクスが好きだったし、彼のほうも私に好意を持っていると感じていた。それで充分だったのだ。

私たちのイデオロギーが一致したのはもちろんだ。けれどもそれだけではなかった。興味の対象もユーモアのセンスも同じ、つまり私たちは理屈抜きで気が合ったのだ。私より六歳も年上なだけでなく、戦闘的なネオナチには違いなかったが、私だってそうだった。いや、少なくともそうなりたいと思っていた。また、それとは別に、私は彼を軽薄なところのない、心の広い人だと感じていた。

いずれにせよ、フェーリクスの過激なスローガンを額面通りに信じてはいなかった。クールな印象を与えようとして無理をしていることに気づいていたからだ。本当はもっとあったかい人なんだ。そう思うたびにいっそう彼を好ましく思うようになった。

両親の飼っている犬の話を初めてしたときの彼の顔は忘れられない。ギリシア原産の白い雑種犬だと言った。「そりゃあ、かわいいんだよ。あんなにかわいいやつはいない」。犬の話をするとき、彼はいつも穏やかだった。そして他の連中なら決して口にしないようなやさしい言葉を口にした。

＊＊＊

〈カメラートシャフト〉の世界は私のいた世界とはまったく違っていた。愛国青年団のキャンプでは、教養のあるそれなりの市民階級出身のお行儀のよい子どもたちと祖国愛を歌っていた。ところがいまの仲間は、どちらかといえば低収入で教育のない階層の出身が多かった。彼らはいわゆる問題児であり、落ちこぼれなのだ。つまり、いったん学校に行ったり職業訓練を受けたりしてはみたものの、続かず、ガソリンスタンドで買ってきたビールをがぶ飲みしながら、きちんとした所属先も目的もなしに生きている、そんな若者なのだ。みんなで同じことを主張しあい、気炎を揚げ、何かできるような気にしてくれる唯一の場が、毎週の定例会というわけだ。仲間と一緒にいる数時間だけ、世界は正常になった。

いま思うと、私たちは滑稽な負け犬の集まりで、社会批判という悲喜劇にぴったりの役者ぞろいだった。無職とはいえ、フェーリクスがみんなの父親あるいは長兄の役をつとめ、私たちを通りで拾ってきて、私たちが寂しくないよう、いざというときにはお互いに助け合うことのできるようにしてくれた——そんな気がする日もあった。

私たちはいつもフェーリクスのアパートで集まっていた。彼は最年長だったし、リーダーだっただけでなく、私たちと違ってこの世界では知られており、ネットワークもあった。支援者はノルマン・ボルディンといい、州刑事局によれば「戦闘的なカメラートシャフトのドイツにおける重要人物」のひとりだ。ボルディンは二〇〇一年に〈カメラートシャフト・ズュート（南）——南ドイツ・アクションオフィス〉を結成した。この組織は二〇〇三年にミュンヘンで行われたシナゴーグの起工式での爆弾テロ計画に関与し、センセーションを巻き起こした。傷害や侮辱罪でいくつもの前科があり、何度か刑に服したが、二〇一三年には国家社会主義地下組織の連続殺人を称賛したかどで裁判にかけられた——とは言え、このときは釈放された。

私は初めからボルディンが好きではなかった。だから、フェーリクスは褒めてはいたけれど、できるだけ避けていた。マッチョや大口を叩く男は嫌いだ。警察に捕まったときの自分のクールさを自慢する男などもってのほかだった。

そう、私たちは所詮、散らかった部屋でビールをがぶ飲みしてタバコを吸っているチンピラにすぎなかった。だが、フェーリクスを通じて戦闘的な右翼勢力とつきあいがあった。私たちは後継者であり、半ば本気、半ば惰性でより大きな使命に向かって進む次世代だったといってよい。

けれどもフェーリクスは私たちのようなチンピラナチではなく、仲間の中では大物だった。ナチス思想における政治的な闘士だと自負しており、フレックスという芸名で右翼のシンガーソングライターとして活動していたほか、器物損壊、治安法違反、公務執行妨害などで何度か少年拘禁（未成年に対する一カ月未満の拘禁）を経験している。私たちがまだ親の家で暮らしていたとき、フェーリクスには自分だけの住まいがあり、一日中好きなことをして暮らしていた。

部屋にはタバコのにおいがこもっていて、決して居心地はよくなかった。けれども私たちが集まれるのはここしかなかった。何軒もの飲み屋で出入り禁止だったこともあるが、そもそもビール一杯に三ユーロも払えない。それぞれが小銭を出し合ってビール一ケースとタバコを二箱手に入れた。いわば社会主義を地で行っていたといえる。

フェーリクスはギムナジウム中退で、今日はビール醸造所、明日は金属会社の製造所というようにときどきアルバイトをしていた。大したことはないがそこそこ日銭は入った。それで十分だった。私たちには、ビールと音楽があり、壁には――こうして一緒にいる理由をいつでも思い起こせるように――黒白赤のハーケンクロイツのポスターがあった……。

私たちは身なりもごく普通だった。頭を剃って白い靴ヒモのジャンプブーツを履くのは当時すでにダサかった。そんな恰好をしていたのはチャラい連中だけだ。世紀の変わり目ごろ、右翼の連中がヒップホッパーのような格好をし始めた。突然フードのついたセーターにスニーカーを身に着け始めただけでなく、なんとサングラスをかけバンダナを巻いていたのもいた。なかでも特に暴力的なことで知られる「自治国家主義者」は、反資本主義だけでなく極左グループの外見上のコードまで取り入れた。

デモのときにブラック・ブロック（彼らは黒装束なのでそこだけ黒くなる）が現れることはますます頻繁になった。この一派は自分たちをかつてのナチ党左派、グレゴール・シュトラッサーの系譜に連なるとみなしており、デモのときに警官やアンチファ一派に攻撃を仕掛けた。二〇〇八年、最初のマニュアルが出版された。

現代の我々は、人間の生活より経済を重視する世界に住んでいる。助けを求めているドイツの市民は非人間的な施設に押し込まれ、最低生活レベル以下の生活をしなければならない。君がヒップホッパーであろうと、ラッパーであろうと、あるいは何かほかの誰かであろうと、スキンヘッドであろうと長い髪をしていようと、そんなことはどうでもいい！　大事なのはいまの支配体制に反対することだ。

今日右翼の世界は以前よりも雑多で、見通しにくくなっている。スプレーで落書きするナチもいれば、ラッパーもいるし、テクノレイヴに行く者も、スニーカーを履いて麻袋《ジュート》を提げたヒップスターもいる。これは危険な状況だといえる。第一に、彼らは見ただけでは普通の若者ともはや区別がつかないこと。第二に、一般の人間が彼らと繋がりやすくなったことだ。頭を剃るとなればそれなりの覚悟がいる。だがいまでは、教師や両親、あるいは同級生から気づかれないまま、右翼の世界に紛れ込むことができるのだ。

＊＊＊

フェーリクスと私は、政治的な議論をかわそうとしたが、それにはこの仲間はふさわしくないと考えざるを得なかった。政治に対する彼らの関心は取るに足らないものだったので、私たちはそれで折り合いをつけるほかなく、その結果ますます酒をあおるようになり、せめてこれくらいはと、ときどき破壊工作をすることで鬱憤を晴らしていた。

　私たちは学校の塀や地下道の壁にルドルフ・ヘスのスローガンをスプレーし、街灯にナチのステッカーを貼り、青少年センターのパンクスと喧嘩した。私たちの敵は彼らであり、移民や外国人ではなかった。問題を起こさずに生活しているかぎり、外国人を排斥する気はなかった。フェーリクスの部屋の下にインド人が住んでいたが、意識したこともないし、パーティでベンチを借りたときは、翌朝お礼を言って返した。

　私たちはミュンヘンの郊外で育ったので、駅の周りにあるケバブの屋台や水タバコのカフェなどに日常的に出入りしていた。ザクセンのスキンヘッズとは違い、私たちにとってイスラム教徒やインド人、黒人は日常的に出会う人たちだった。彼らと一緒に電車に乗り、彼らの店で食べ物を買い、ショッピングモールで彼らとすれ違っていた。

　ドラッグとは無縁だった。マリファナは、ヒッピーや弁髪のレゲエフリーク、つまり「下っ端の飲むドラッグ」だったし、コカインやアンフェタミンは私たちではなく、不良グループが飲んでいた。私たちはもっと素朴だった。私たちのドラッグはビール。なかでも一番の好みは地ビールで、地元の小さな業者を支援するためということにしていた。けれども実際にはアルコールでさえあればなんでもよかった。酔っ払うとみんなで街にくりだして、どぎつい言葉を浴びせかけて人々を挑発していた。

＊＊＊

二〇〇七年の春、エルディングで「寛容の日」と銘打った催しがあった。これは町の主催によるもので、「様々な国籍の人たちや文化を受け入れて暮らしていることを示す」のが目的だ。私たちがこれを放っておくはずはない。ある晩ビールとウォッカをつかんで街の中心へ向かった。ちょっとばかし暴れて脅かしてやろう。エルディングの人間がどれくらい寛大なのか見てやろうぜ。

広場に着くと最初のトラブルが起きた。会場係に入場を断られたのだ。どうやら私たちがパンクコンサートに来たのではないらしいと見抜いたようだった。私たちは言われたとおり酒瓶を入り口に置いて中に入れてもらった。

舞台では地元のバンドが演奏していた、田舎のパンクスが数人、盛んに飛び上がってポゴダンスを踊っている。立ち飲みのテーブルのむこうには善良なエルディングの人たちがいた。若者も数人。町から提供されたのはソーセージバーガーと町の案内だけだったとはいえ、誰もがほろ酔いで上機嫌だった。

ぐでんぐでんに酔っていた私は思った。日頃言っていることを実行するチャンスだ。そして、群衆の中に飛び込んで、パンクスの踵《かかと》を蹴り始めた。私にはわかっていた。こういうことは男たちより私のほうがやりやすい。いままで何度も経験したことだが、多くの場合、人は攻撃的な女を見てもたかをくくって警戒を怠るからだ。一五歳の少女が本気で暴れ出すとは思っていない。けれども私は本気だった。やめるどころか、ますます乱暴になり、力いっぱいパンクスを罵倒し始めた。

そのうちに女のパンクがひとり、怒りを爆発させた。怒鳴りかえし、つかみかかってきたと思うと、彼女は私をつき飛ばした。待ってました！　私はつきかえし、殴りかかって髪の毛を引っ張った。その後のことは覚えていない。これがアルコールによる初めての記憶喪失だった。私は無我夢中で暴れ回り、怒りと憎しみで気が変になっていた。主催者の女性に出ていくよう言われたとき、私たちふたりはたけり狂った猛獣のように殴り合っていたに違いない。

それでことが終わったわけではなかった。会場の外にはがっしりした公安の刑事がきていて、傍にいたフェーリクスの襟首をむんずとつかんだ。彼がフェーリクスに襲いかかったのを見た私は、我を忘れてその刑事にしがみつき、わめきながらフェーリクスから引き離そうとした。いま思えば、ずいぶんおかしな光景だったに違いない。私みたいなやせっぽちの女の子が、二メートルもあろうかと思う大男を倒そうとしたのだから。

いま思うと、あのころの私はつくづく「やなやつ」だった。思春期の生意気なガキで、すぐに人につっかかった。私は幸せとは言えない人生を送ってきた。だから自分では気がつかなかっただけで、いや、認めようとしなかっただけで、私も多くのネオナチと同じように、絶えず自分のフラストレーションのはけ口を探していたのだ。自分を勇敢だと思っていたが、結局はただの取り巻き、ファン、追っかけにすぎなかったのだ。周りの圧力と何かやらかしたいと言う気持ちにそそのかされていただけだったのだ。

相手が被害を訴えたので、警察も放っておくわけにはいかなくなった。身分証明書を見せろと言われた私は口を尖らせた。

「あのさぁ、あたし、一五だよ。身分証明書なんか見せなくったっていいんだ」

「証明書持ってるか?」

「んなもん、持ってっこない。一五なんだから。証明書携帯の義務なんかないよ」

私は若くて無礼だったが、市民としての自分の権利を主張することに関してはひとおりの知識があった。義務についても。だから、一五歳なら身分証明書を持つ義務さえないことも知っていた。

これ以上どうにもならないと思った刑事は、フェーリクスを追い払おうとした。そうすれば私が心細くなり、おとなしくなると思ったのだろう。けれども彼は私を甘く見ていた。

「ちょっと、ちょっとぉー。誰かに証人になってもらう権利があるってことくらい、知ってるよ。この権利を要求します。フェーリクスにはここにいてもらいまーす」

「名前は？」

「ハイドルーン・レーデカー」

吐き捨てるように私は言った。

刑事はメモ帳を取り出して書き込もうとしたが、一瞬手を止めた。どうやら私の名字のスペルにとまどったようだった。それを見たフェーリクスは、ここぞとばかり悪態をつき始めた。これで刑事の堪忍袋の緒が切れた。彼はフェーリクスを追い払い、私をパトロール中の同僚に引き渡した。「最寄りの警察へ連れて行ってくれ」

だだっ広い殺風景な部屋だった。壁には風景の写真のカレンダーがかかっていた。まるで刑事ドラマ『事件現場《タートオルト》』に出てくる日曜日のような光景だったが、ただもっと退屈だった。これがドイツの警察の日常なのだ。父に電話したがつながらなかったので、警官は私の訴えを記録して傷の写真を撮り、鑑識課のやるように指紋を取ろうとしたが拒否した。三〇分後、私は釈放された。

「ここ、どこ？」私は警官に尋ねた。

どうやって町へ戻ったらいいのか見当がつかない。けれども相手は、知るか、という顔だった。仕方なくピザ屋のライトバンを停めて、フェーリクスたちがいるところまで乗せていってもらった。

その日の晩、私は遅くまで飲んだ。仲間の目には私は英雄的な行為をしたように映っていた。パンクの女を攻撃したからではなく、刑事につかみかかったからだ。国家権力を相手に喧嘩を吹っかけたかぼそい女の子――カッコいいじゃん。私はにんまりした。

翌日、ツケが回ってきた。激しい頭痛に悩まされ、おまけに初めて傷害で訴えられたからだ。へこんだけれどちょっぴり誇らしくもあった。父はただただ機嫌を悪くした。そう、周りに反抗しろといつも私に言っているくせに、法に触れるのはお気に召さないのだ。罰として、仲間と一緒にドレスデンの爆撃記念日の集会に行くのは禁止になった。

数日後、警察に呼び出された。父は一緒に行くと言い張ったが、何が何でも私は自分ひとりでこの件にケリをつけたかった。そうすることで、ひとりでやっていけることを父に示したかったのだ。最終的に父は同意した。

というわけで、もう一度エルディングの警察へ行くと、太った警官が出てきて二本指で私の証言を記録した。二日後、『南ドイツ新聞』の地方版にこんな記事が現れた(二〇〇七年四月二四日)。

ネオナチが「寛容の日」を台無しにする

女の子がひとり、この土曜の夜に怪我をした。警察に届け出たこの一五歳の少女は、目撃者によるとネオナチのグループの少女に殴られたという。

四週間後、訴訟が取り下げられたことを知らせる手紙が届いた。

＊＊＊

二〇〇七年の夏は、再婚した父が暮らすザクセンで過ごした。一方フェーリクスは恋人と一緒にネオナチの中心地であるルール地方のドルトムントへ越した。いま思えば彼も馬鹿なことを考えたものだ。仕事が見つかったからではなく、現地の仲間と右翼のための解放区をつくろうとしたのだから。フェーリクスは言った。

バイエルンじゃ見込みねえし。ここには死ぬ気でやろうってやつは滅多にいやしねえ。なのにおまわりだけはうじゃうじゃいるんだからな。ドルトムントなら何かやれる。あそこなら定例会に来るのは五人じゃない、一〇〇人だって来るさ。どいつもみんな武装していてやる気満々だ。

フェーリクスが移ったところは街の西部、ドルストフェルトだった。失業率が高く、低所得層が多い地域だ。いわば右翼運動の焦点であり、『ターゲス・シュピーゲル』によれば、「ネオナチの本拠」だった。生活共同体《ヴォーンゲマインシャフト》、つまりシェアハウスがいくつもあり、それらのシェアハウスはルール地方全体の「自治国家主義者」とネットワークがあり、たったの数時間で暴力的なアクションを起こせるという。

フェーリクスが行く直前、ドルトムント出身のスキンヘッドがパンクの男を刺し殺す事件が起きた。けれどもフェーリクスはそのことから目を逸らそうとしていた。ルール地方の右翼が過激なことを知っていた私は心配だった。あそこに比べたら、私たちがミュンヘンやエルディングでやったことなどままごとみたいなものだったからだ。精神を病んだネオナチのミヒャエル・ベルガーが、二〇〇〇年に警官を三人射殺したあと自殺したとき、ドルトムントの〈カメラートシャフト〉はステッカーとTシャツにこう記した。「三対一。ドイツのためになった。ベルガーは我らの友だった」(waz.de 二〇一四年四月二二日)

フェーリクスがドルトムントにいたとき、私たちは九カ月のあいだ一度も連絡を取り合わなかった。そのころ、フリートヘルム・ブッセの葬儀でSS＝ジギに会った。SS＝ジギはドルトムント生え抜きのナチだ。何かのついでに私は言った。

「ジギ、フェーリクスに会ったら、よろしく言って」

「フェーリクスだって？」

SS＝ジギは私をにらみつけた。

「断る。あいつとはもう喋らねえ。やつは裏切り者だ」

どうやらルール地方では、フェーリクスが思っていたようにはいかなかったらしい。遅ればせながら、このとき私はそれを知った。

フェーリクスはいまでは私とは違う世界に住んでいた。だからそこで見捨てられないようにと祈ることしかできなかった。けれどもいつのころからか、私たちは再び電話をしたりメールのやりとりをしたりするようになった。

当時すでにフェーリクスは彼女と別れていた。右翼のための解放区は結局実現しなかった。しかも、もっと悪いことに、一日にして彼は裏切り者にされてしまったのだ。ナチス左派の思想を掲げる小さなグループの支援をしたことが、ほかの仲間からは国家ボルシェヴィキ、つまり左翼であり、裏切り者だと思われたのだった。そうなると早い。一旦違った側についたら、あっという間に、昨日まで肩を叩き合った連中に狙われるのだ。

フェーリクスは「夜と霧」に紛れて、ほうほうのていでドルトムントから逃げ帰らなければならなかった。

ミュンヘンに戻ってからのフェーリクスには、以前のような元気はなかった。ドルトムントでの日々は彼の人生にとってひとつの分岐点となった。あのとき初めて、自分の生きてきた道とイデオロギーについて真剣に疑いを抱き始めたのだと思う。

昨日まで生涯の友情を誓い合った仲間に街から追い払われたら、誰しもそうなるのではないだろうか。昨日まで一緒にデモをしていた相手を恐れて生きていかなければならないとしたら。

第八章

私の信条

崇拝していたのはルドルフ・ヘス

以前の私はゆるぎない右翼的な世界像を抱いていた。それよりほかにどういう生き方があったというのだろう？　とはいえ、一度も本物の暴力と関わったことはない。デモにも行ったし政治集会にも参加したし、ピケも張った。けれどもまだ一度も、外国人を町から追い立てたり、亡命希望者宿泊施設に火をつけたりしたところに居合わせたことはない。

振り返ってみると、つくづく運がよかったと思う。私が過激だった一四歳から一六歳の時期、つまり二〇〇七年から二〇〇九年まで右翼の活動は比較的おとなしかった。ロストックやメルン、ゾーリンゲンの放火事件は九〇年代の初めであり、私が生まれたのはちょうどそのころだった。二〇〇三年にミュンヘンのシナゴーグの起工式でテロが計画されたとき、私は一一歳だった。さらに、国家社会主義地下組織が二〇〇〇年から二〇〇六年にかけて連続殺人事件でこの国を揺るがしたときには、七歳から一三歳だった。

ドイツにおける右翼の暴力に火がついたのは、なんといっても統一のあと、旧東ドイツの地域だった。そのとき、ザクセンとブランデンブルク一帯が一種の無法地帯になり、多くの若者が新しい体制と折り合うことができず、欲求不満を抱くようになったからだ。次の大きな波はこの数年間にやってきた。ますます多くの難民がドイツに入国し、とっくに忘れたと思われていた古いルサンチマンが息を吹き返したのだ。

もし放火テロのあとで、パニックになって窓から飛び降りた人や命からがら逃げた人たちを見ていたら、私はどうしただろう？　想像もつかない。そんなことにならなくて本当によかった。いまだからこんなことを言えるが、集団のもつ強制力がどれほど強いか、それはそこにいた人間にしかわからない。その瞬間の異常な興奮状態はむろん、日頃言ってることを実行に移さなければというお門違いの義務感もだ。

ロストックをはじめとする一連の襲撃事件をあとになって知ったとき、私の受けた衝撃は大きかった。右翼的な思想であろうとなかろうと、いくらなんでもやりすぎだ。同じ人間なのになぜそんなことができるんだろう……。そして、そういう犯罪を平気でよしとしている人たちとつるんでいる自分がわからなくなった。しかもそのうちの何人かは武器さえ持っていたのだ。

それだけではない、爆弾のつくり方をパソコンに保存してときどき森で実験している仲間がいることも知っていた。けれどもこういう準軍事的な演習に居合わせたことはなかった。小耳に挟んではいたが、人に向かって爆薬を使おうと本気で考えているとは思っていなかった。誰もそんなことをしそうには見えなかったのだ。だから口先だけだと思っていた。爆弾テロを空想するのと、実際に爆弾をつくって火をつけるのとは似て非なることなのだから。

私のいたころには、ミュンヘンの右翼勢力は組織されておらず、バラバラだった。しかも、マルティン・ヴィーゼのようなかつてのリーダーは服役していた。それはそうと、ヴィーゼは殉難者《じゅんなんしゃ》ということになっていた。失敗に終わったミュンヘンのシナゴーグ爆破テロの裁判で、仲間に不利になる証言をしなかったからだ。

獄中からの手紙に「ハイル・ヒトラー」と記したことも、彼のステイタスを上げることに貢献した。にもかかわらず、彼は数年間活動の場から排除されていた。もっと大きなことをするのが務めだと感じている若者たちが台頭してきたからだ。権力争いや内ゲバが絶えない不穏な時代だった。

いくつもの〈カメラートシャフト〉がメンバーの獲得やドイツ南部での覇権を争っていた。とはいえ、これらは私の人生をかすっただけだった。

それに、もともと私は自分の「立身」のために組織を利用しようとする輩を軽蔑していた。私に言わせれば、ポストや周りの評価だけが大事な人間は、結局のところ、ナチズムの裏切り者だったからだ。

バイエルンを中心にいくつもの〈カメラートシャフト〉があったが、ネットの中だけのバーチャルなグループと思われるものも多かった。この数年で状況はもっと見通しにくくなった。バイエルンの〈カメラートシャフト〉の上部団体だった「フリーネット・南」が二〇一四年に活動を禁止されてからは、たとえば右翼党とか第三の道といったような小さな党派がいくつもできたからだ——名称こそ新しいが、そこで活動している人間も思想も以前と同じだった。


私の怒りとエネルギーは気に入らない仲間に向けられていたのではない。トルコ人やアフリカ人でもなかった。そうではなく、私が毎日睨み合っている、青少年センターや駅でたむろしているアンチファの活動家やパンクスだった。彼らを相手に挑発し、怒鳴りつけ、罵り、殴っていた。けれどもほかの敵、つまりユダヤ人、大資本、アメリカあるいは資本主義に対しては手も足も出なかった。これらとの闘いは、ミュンヘンでは、もちろんエルディングなんかではとうていできないことは、すぐにわかった。

グローバリゼーションとドイツ的なものの排斥から祖国を救えるのは革命しかないと、私は固く信じていた。ドイツ民族が世界の主流からどんどん外れていくのではないか、そして解体してしまうのではないかと恐れていたのだ。けれどもその革命とやらが一体どんなものなのか、それについてはまったく何のイメージも持ち合わせてはいなかった。私たちが始終口にしているのにかかわらず、革命はいっこうにやってこなかった。

いつのころからか、革命は起きないのではないかと考えるようになった――少なくとも今日や明日には。いや、それでも、やっぱり私たちは陰謀めいたアクションによって、政権奪取に向かって日々新たに一歩一歩近づいていかなければならないのだ。それらのアクションはエルディングの広場で起きるのであって、世界的な政治の舞台ではない。

私の右翼思想の中心は早くからはっきりしていた――後期資本主義社会における女性の役割。早い時期から私は家族及び政治学に興味を持ち、本を読んで考えをまとめ、スローガンを取り入れ、次第にひとつの立場のようなものをつくりあげた。というのも、ひとつだけは、はっきりしていたからだ――市民的な消費社会、つまりカラフルなスニーカーを履き、ラテ・マキアートのカップを手にした頭のカラッポな人間は挫折する運命にある。

なかでも自己実現しようとする女性たちに私は否定的だった。私にとって、真の女性とは母親だけ、子どもと家族のために自分の要求は後回しにし、より大きな、そして重要な使命のために立ち向かう覚悟がある、そういう母親だけだった。

多くの女性が仕事と家庭の両立を政府に要求し、支配的なポストにつくのに応じて、両立するための案が絶えず提出される。つまり愛情に溢れた母であると同時にどこぞの企業の役員であるための政策だ。私には確信があった。両方は無理。片方が常に犠牲になるだろう。子ども、会社、それとも女性が。

何十年も続いてきた生き方が、あるとき突然悪者に仕立てられる理由が私にはさっぱり理解できなかった。私にとって母親は家族の中心であり、温めてくれるかまどであり、家族をまとめる存在だった。もちろん、私はナチズムの女性像をよりどころにしており、伝統的な性別役割分担理念をよしとしていた。

「お前はどうでもいい。民族がすべてなのだ」

この言葉に何ひとつ異存はなかった。

一歳以上三歳未満の子を自宅で育てるともらえる自宅育児手当を、左の連中は「飯炊き報奨金」だの「抱っこ奨励金」だのと言ってけなしたが、私は賛成だった。時代に合っている、いやそれどころか現代的だと思ったのだ。家にいて子どもを育てる女性たちが報われるのだから。なぜそれがいけないのか？　私もそういう家庭で育った。キャンプで一緒だったほかの子どもたちもみんなそうだった。

私が西欧社会で見つけられなかったものは、じっくり考えることや、アイデンティティや伝統、血統に対する感受性だった。自分の家族、ドイツ語、ドイツ民族、ドイツ文化に対する自信と誇りはどこに行ってしまったのだろう？　どこを見ても私の目に映ったのはただ、表面的なもの、快楽への追求、派閥主義、利潤追求、それから孤独だった。祖父母、両親、子どもたちからなる家族という理念、異なる世代が一緒にいること、私たちを結びつけている目に見えない神聖な絆――これらすべてが私にとっては愛すべき貴重なものだった。自分の育った家庭が崩壊したために尚更そう思ったのだろう。

＊＊＊

私はアメリカ合衆国とユダヤ人が嫌いだった。これは幼いときから祖父母と父から受け継いだもので、歳を経るにつれて私自身のものとなっていった。私は思った。アメリカ人とユダヤ人はグルだ。アメリカ人は埋蔵されている石油を着服しようとして戦争を仕組んでおきながら、世界の警察という顔をしてその実、帝国主義的な目的を追求したんだ。

西欧、アメリカ、自由世界――これらは私にとって憎むべきもの、不道徳なものであり、「自由な民族」の墓掘り人だった。いわゆる自由社会から一体何が生まれたというのだろう？　何の深みもなく長続きもしないショッピング・パラダイス――表向きはキラキラしているがその背後には不安と悲しみが隠されている。私は消費やトレンド、流行の服などをみな軽蔑していた――少なくともそういうふりをしていた。

それなりの年齢になったとき、私は自分が逃したものすべてを取り戻した。そしてこっそり電車に乗ってミュンヘンに行き、Ｈ＆Ｍで買い物をしてファッション誌を買い込んだ。

仲間とは違って私は完璧な純血主義者ではなかった。アラブ人やトルコ人、黒人などはたしかに私にとって好ましい人たちのリストのうんと上ではなかったけれど、基本的に彼らを嫌ってはいなかった。ミュンヘンの郊外で育ったので、いつも移民や外国人と接触があったからだ。

そうは言っても外国人に対して無礼な態度をとったことは何度かある。けれどもそれはいつも衝動的だった。ストレスがあったときなど、思わず挑発したことがあった。けれどもそれは突発的なものであって計画されたアクションではなかった。でも、挑発したことはたしかだ。

小学校のとき、コンゴから来た男の子と同じクラスだった。彼は私をひどくイライラさせた。その皮膚の色ではなく、態度でだ。彼はうぬぼれたマッチョで、自分をカッコいいと思っていた。指をパチンと鳴らしさえすれば女の子が寄ってくる、と。またしてもその子がくだらない話を始めたとき、ついに私はキレた。

「いい加減にしなよ。あんたの先祖はジャングルで木から木に飛び移ってたんだろ。だけどいまはドイツにいるんだよ。いまはあんたも文明人なんだからそういうふうにふるまうんだよ、わかった?」


ドイツにいる外国人が多いといって、私の仲間はいっそう激しく騒ぐようになり、イスラム教徒を追い回していた。いつのころからかユダヤ人の世界征服陰謀説はほとんど話題にならなくなり、代わってモスクとイスラム教徒のことでもちきりになった。私たちの敵は代わっていたのだ。突然ドイツのイスラム化が恐怖のシナリオになった。私は正真正銘の右翼だったにもかかわらず、このパニックやヒステリーは決して実感として理解できなかった。反イスラムのデモに誘われると、私は言った。

「ひとりで行けば? 興味ない。イスラム化してるって思ってないから、あたし」

すると彼らはことさら不吉なことを言いだした。私にとって、イスラム化とはデマであり、彼らを排斥するための新たな口実にすぎなかった。尻馬に乗る気はなかった。憎しみもあまりにも誇張されると力を失う。私の関心は、センセーションでも、暴動でも、動員でもなかった。この体制を持続的に破壊して交代させたかったのだ。

私が激しく攻撃したのは、小児性愛者たちだった。「児童虐待者には死を」と書いたTシャツを着て堂々と学校に行ったし、ショッピングモールも歩いた。新たな事件が報道されるとすぐ、私たちは私的制裁をするよう要求した。この問題は今日まで右翼社会を悩ませている。右翼のシンガーソングライターだったアネット・ミュラーは、これをテーマにした歌をつくったくらいだ。

＊＊＊

私がインスピレーションを得たのはFacebookや若者の雑誌ではない。シアチフォーラムやアルターメディアなどの右翼のインターネットプラットフォームだった。彼らのモットーは、ジョージ・オーウェルの次の言葉だった。

「虚偽がまかり通っている時代にあって、真実を述べることは革命的な行為である」

ナチ同士が出会う場として最も重要なのはシアチフォーラムだった。これは北欧神話の氷の巨人の名からとったものだ。シアチはアースガルズの要塞に住んでいた巨人で、死後その目がふたつの星となったという。もっとも、毎日二万人が訪れるこのフォーラムはそんなロマンチックなものではなかった。右翼の情報のターミナルであり、危険なプロパガンダとネットワーキングの手段であり、当然ながら筋金入りのネオナチやスキンヘッズ、ナショナリストが、新入りや取り巻きと同じようにここで出会うことになる。それぞれ「北の雷鳴」とか「爆風」「最終的解決」などと名乗っていた。そしてお互いに「最も偉大なゲルマンのオンライン共同体《ゲマインシャフト》」の一員だという気分を分かち合っていた。

アクセスするためには厳格な階級があった。寄稿や寄付が多い人間には特典があり、名誉称号が与えられて、一般のユーザーには閉ざされた地下フォーラムへアクセスすることができた。

プロフィールを見ると、ナチのレジェンドの写真がよく使われており、住所はドイツ帝国首都、宗教はナチスの思想「血と土」としている者が多かった。フェーリクスは毎日このフォーラムを訪れては、何百人もの人たちと意見を交換し、自分の歌を売り込むためにチャットしていたが、私はときどき眺めるだけだった。

このフォーラムには公式の部分とそうでない部分があった。非公式の部分では、発禁になった音楽やプロパガンダの文書をダウンロードしたり、ホロコーストは嘘だと発言したりすることができた。ホロコーストについてのここでのアンケートでは、二二五二人のうち四五パーセントがこう答えている――もちろん、そんなものはなかった。

シアチフォーラムは右翼思潮を代表しており、ネオナチの若者たちの暮らし全体をカバーしていた。政治、文学、哲学、それから服やタトゥー、さらにどうしたら簡単に武器を手に入れられるかのアドバイスまで。

サーバーがアメリカにあったことで、管理者の巧妙さがわかる。アメリカなら、言論の自由を盾に取ってホロコーストを否定できるからだ。もちろん、ほかにも多くのおかしな人物が出入りしていた。たとえば、ある男性ユーザーはこんなことを書いている。

「我々はもちろん女性が列車からベビーカーを下ろすのを手伝うべきだ。お礼を言われたら自信をもってこう答えなければならない——お礼には及びません。僕はナチですからね、当然のことだったんです」

フォーラムを訪れる女性たちには独自のテーマや関心事があった。『女たちのこと』によれば、テューリンゲンのレストラン経営者の女性ユーザーは、民族主義的な料理スタジオをインターネットで開設するという夢を実現したという。またこんなことを書いている女性ユーザーもいる。

「私の元カレは、殴りもせずに私を完全に支配することができた」

しかも彼女はそれをとてもよいことだと思っているのだ。女にとって大事なのは、男に勝つことではなく、男のほうが強いと感じることであり、不倫などで子どもにつらい思いをさせたら、お前を殴り殺すと夫に言われた、と続けている。

国家社会主義地下組織による殺人が発覚したあと、連邦憲法擁護庁はシアチフォーラムで犯人を擁護する声が増えていることに注目した。このフォーラムでは、彼らの残忍な行為は多文化社会の「避けがたい結果」とされ、ユーザーの中には、自殺したふたりの犯人を「自由なドイツのための殉教者」と讃えた者さえいた。

結局、二〇一二年に管理者たちが逮捕されたため、シアチフォーラムはもはや存在しない。けれども、だからと言って、彼らがもう活動していないということではない。ほかのサイトで続けているだけだ。

＊＊＊

愛国青年団から私が受けついだのは、英雄崇拝、ナチ党のレジェンドへの尊敬だった。彼らはその人生と行動を通じて私にとっての手本だった。とはいってももちろん、ナチ党の高官だから尊敬したのではない。たとえばドイツの空軍司令官ヘルマン・ゲーリングと、ヒトラーが「最も誠実な友」と呼んだ官房長マルティン・ボルマン。私は彼らを尊敬するどころか非難すべきだと思っていた。私の目にはふたりはナチズムの理想を裏切っていると映ったからだ。そろって貪欲で、ドイツ国民の犠牲によって私腹を肥やそうとしたのだ。

私のヒーローはルドルフ・ヘスだった。尊敬すべき人で、思慮深くてインテリで高潔だと感じていた。ナチズムに滅私奉公した偉大な男。誘惑に乗らず、確固としており、下手に策略を巡らすことなく、誠実で、思慮深く、謎めいていた。ヘスは人間的な欠点や動物的な衝動に縁がなかった。ひたすらナチズムの理想を実現すべく力を尽くした。

ヘスに関する本は手当たり次第読んだ。家の本棚に並んでいた本をすべて読んでしまうと、ネットでさらに彼について調べ、YouTube で彼の演説を聞いた。ゲルマン民族の兄弟国であるイギリスとの戦争を避けようと最後の最後まで努力して、一九四一年に「夜と霧作戦」によってイギリスに飛んだそのアイデアの素晴らしさに、周りのネオナチと同じようにうっとりした。殉教者としても尊敬していた。なにしろ、今日のネオナチのイデオロギーに近い考えの持ち主はヘスしかいないのだから。

もうひとり憧れていた人がいた。女性パイロット、ハンナ・ライチュだ。ハンナは古典的な意味でのナチではなく、党員になったことはなかったが、一九四三年に部隊の士気を高めるために東部戦線を慰問した。もちろん、ヒトラーを熱烈に賛美していて尊敬するヒトラーに最後まで忠実であり続けた。

ルドルフ・ヘスに対するほど熱狂的ではなかったけれど、私もアドルフ・ヒトラーを尊敬していた。なんといってもヒトラーは総統であり、彼なくしてナチズムも救済も解放もありえなかったのだから。もちろん私のヒトラーに対する理解は歪曲されていた。ヒトラーの人格的な問題点から目をそらし、他のすべてを勝手に解釈して賛美していた。

ヒトラーが菜食主義者だったことも魅力のひとつだった。もしもっと正確な情報があれば、胃が弱かったために肉を食べなかっただけだということがわかっただろうが、そうなったら私はさぞ混乱しただろう。私にとって、アドルフ・ヒトラーという人は感情の細やかな動物愛護者だったからだ。グラーシュやポークソテーのようなおいしい肉料理を諦める、そんな人だったのだ。

彼はシェパードをとてもかわいがっていたという。動物を愛する人は人間を愛するに決まっている。悪い人のはずはない——私はそう信じ込んでいた。

あるとき、父に尋ねた。

「ねえ、パパ、どうしてヒトラーはエヴァ・ブラウンと長いあいだ結婚しなかったの？　エヴァのことを愛していたんだよね。エヴァのほうもヒトラーが好きだったんだよね。もっと前に結婚できたじゃない。絶対エヴァはうれしかったと思うよ」

「うーむ。そうはいかなかったんだよ。そうすると国民のことが後回しになってしまうからな」

父は続けた。ヒトラーはエヴァを愛していた。それは間違いなかった。けれども自分の個人的な幸せと国の運命とのどちらかを選ばなければならなかったんだ。

「だから、ヒトラーは国民を選んだのだよ」

そうだったのか……。私は大きくうなずいた。そしてヒトラーに対する私の尊敬は、いっそう動かしがたいものとなったのだった。

第九章

ニーダーシュレージエン休暇村

父の造った「ナチスの楽園」

ドイツの東端、ポーランドに近い場所にニーダーシュレージエン休暇村がある。これはクヴィッツドルフ湖畔にある大きなバカンス施設で、一九九九年に父が土地を買って、保養地へ改造したものだ。好むと好まざるとにかかわらず、私はここで定期的に夏休みを過ごしていた。

自然保護区域の端にあるこの土地を父が初めて見た日のことはいまでもよく覚えている。私は六歳だった。そのとき私たちは愛国青年団の冬至祭に参加するため、近くのラウジッツに来ていた。人里離れている広大なこの土地が父の気に入ったことに私はすぐに気がついた。父はいつも何かしらプロジェクトが必要な人で、絶えず風変わりなアイデアや実現できそうな夢を探していた。まるで、おかしなことを企画して実行することで、平凡な公務員の人生に耐えているとでもいうようだった。

松林と湖のあいだに点在する荒れ果てたバンガローを見たとき、父の中で何かが動きだした。三カ月後、父はその土地を買った。旧東ドイツ時代にシュタージ（秘密警察）の重要人物のための保養所として使われていたところだった。

父はバンガローを改装し、周りの土地を次から次へと買い足してきちんと整えた。今日では休暇村は二カ所にあり、バンガローが四〇以上、ビアガーデンを併設した「ゼーシェンケ」というレストラン、キャンプ場がいくつか、釣り人用の島、丸太小屋のサウナ、子どもの遊び場、ミニゴルフ場、さらになんと犬の訓練所まである。ホームページのインフォメーションを読むと、愛犬家である父の姿が浮かんでくる。「私どものレストラン「ゼーシェンケ」では、愛するワンちゃんのために常に飲み水をご用意しております。ワンちゃんは当村ではどの施設でも歓迎です」

父がそのつもりだったのかどうかはわからないが、私には父がはじめからこの休暇村をネオナチの若者のたまり場にしようと考えていたように思えた。周りには仲間に引き入れるにはうってつけの、仕事のない若者がごろごろしていたし、地元の〈カメラートシャフト〉の連中は集まる場所ができて喜んだ。つまりウイン・ウインの関係だったのだ。

かくしてこの休暇村は、たちまち右翼のお気に入りのセンターとなった。都会から遠く離れており、深い森に囲まれていたために、ネオナチが集まるにはおあつらえ向きだったのだ。

インターネットのフロントページからしてフラクトゥール［装飾の多い太いローマ字体で、ドイツでは第二次世界大戦まで使われていた］が使われている。バンガローへの案内も古いドイツ文字だし、「アフリカの部屋」と銘打たれた部屋には、かつてドイツの植民地だったナミビアの、植民地時代のロザリオなどの礼拝道具や猛獣の毛皮、昔の帝国国旗が下がっており、その隣りには「南西の歌・キャメル・ソーンのように固く」の歌詞が、額に入れられて飾られている。この歌は植民地時代からずっとナミビアにいる人々によって、いまでも愛され、歌われている。

ここへ来る人がみな過激な右翼だというわけではない。ただ休暇を楽しむために来ている人たちがいるのはもちろんだ。にもかかわらず、ここで開かれる右翼のイベントの多さを考えると、とうてい偶然だとは思えない。国家民主党の夏祭りをはじめ、その機関紙『ドイツの声』のイベント、さらにナチのコンサートも数多く開かれている。「スレイプニル」もここで演奏したが、彼らのアルバムには発売禁止になっているものがいくつかある。

コンサートが開かれているのは旧東ドイツ時代に学校の宿泊施設だったところだが、一般客はそのことをまったく知らない。というわけで、ナチは酒、家族はバーベキューと、お互いに楽しんでいるわけだ。また、酔っ払ったスキンヘッドに主婦が出くわそうと、ボンバージャケットを着た男が人々の目の前に現れようと、そう、ここ東部ドイツではうろたえる人はいない。

　ザクセン州の憲法擁護庁は、もう何年ものあいだ、この休暇村を監視下に置いている。ジャーナリストも繰り返しやってきており、二〇一〇年、中部ドイツ放送の報道番組『エクサクト』は、この村では黒装束の人間が飛び回っており、無線機で怪しげなメッセージを伝えていると報告した。

　番組では休暇村を「極右の集結場」と呼んでおり、キャンプにきた客の証言を紹介していた。

「森の中でふたりの女の子に出会ったんですが、その子たちは私に出て行くように言って、「闖入者がいる」と〈総統司令部〉に無線機で報告していたんです」

『シュピーゲル・オンライン』（二〇一一年七月二一日）でも、当時この休暇村についての調査記事を載せており、義母の発言が引用されていた。

「マナーさえ守っていただければ、ここで休暇を過ごしたいという方はどなたでも歓迎なんです。申し込みのときに政治的な意見について尋ねたりすることは決してありません」

　へんてこなスローガン、たとえば「児童虐待者に死を」とか「国家・社会主義者」［国家社会主義者とつなげて書くとナチという意味になってしまう］と印刷したTシャツを着ている若者を見たという証言については、そんな話を聞いたことはないと突っぱねていた。

二〇一一年の六月、休暇村の近くで当時の愛国青年団のメンバーが七〇人――禁止になって二年後だ――聖霊降臨祭キャンプをした。彼らのモットーは、「やつらの没落は我らの繁栄」。この集会は警察によって解散させられ、子どもたちは家に帰された。

ニーダーシュレージエンの休暇村のほかにも右翼のパラダイスはある。シュピーゲル・オンラインは、例としてブランデンブルクにある馬場を挙げている。「乗馬を楽しむ一週間、キャンプファイアーと夜の散歩つきでなんとたったの一五〇ユーロ！　乗馬に関する知識およびその世界観による子どものグループ分け含む」

さらに、「刷り込みの成果はきわめて異様だ」との見出しで、九歳の女の子について報告している。この子は並み居る大人たちを前に、父親が自慢できるようにと、ヒトラーの『わが闘争』の一部を引用してみせたと言うのだ。

『女たちのこと』には、二〇〇九年の民族ロックフェスティバルで、カメラマンに向かって中指を立てて侮辱した若い過激な右翼の女が紹介されている。そのとき彼女が着ていたTシャツの胸には「N・A・Z・I」の四文字。それぞれ、国家の(national)、礼儀正しい(anständig)、信頼できる(zuverlässig)、知的な(intelligent)を意味するというわけだ。それだけではない。彼女は三歳の女の子を抱いていたが、その子のセーターには数字の28が描かれていたという。これはアルファベットの二番目と八番目の文字、BとHを表している。BとHとは、二〇〇〇年にドイツで禁止されたイギリスの右翼テロ組織「血と名誉（Blood & Honour）」のことだ。右翼の活動家はとっくにドイツのレジャー社会に潜り込んでいるといういくつかの研究がある。彼らはサブカルチャーにはとどまらず、公の場で影響を与えようとしているのだ。

子どもに名前をつける段階でそれはすでに始まっている。私の家族がいい例だ。ふたりの姉の名はそれぞれゲルマン神話からとられている。あまりに奇妙な名前なのでここに記すのを控えるが、その点、私はラッキーだった。ハイドルーンもルーツは北欧神話だが――蜜酒を出したとされる不死のヤギの意だ――幸いなことに目立たない。

＊＊＊

二〇〇六年、一四歳の誕生日のすぐあとで私は休暇村でユーゲントライテを祝った。これは一種の成人式のようなものだ。キリスト教徒なら、多くの子どもたちが楽しみにしている聖体拝領や堅信礼〔すでに洗礼を受けた者が信仰告白を行う儀式〕といった儀式があるが、私にはすべて縁のないものだった。そんな私のところへ、まるでその埋め合わせのようにこのユーゲントライテがやってきたのだ。

当日、目が覚めたとき私の頭にあったのはただこれだけ——あと数時間で子ども時代は終わり、大人の人生が始まる。責任があり、使命があり、義務を伴う新しい人生だ。ユーゲントライテでは子どもから大人への移行は象徴的に祝われる。民族主義的な無神論者にとっての堅信礼といってもいい。私はおめかしをして丁寧におさげを結った。今日は私にとって大事な日になる。同い年の義理のきょうだい、つまり義母の娘とともに、今日の主役をつとめることになっていた。

お祝いは休暇村の大きなホールで開かれ、一日中続く。朝のうちにもう最初の客がやってきた。祖父母をはじめ、家族の友人たち、愛国青年団のメンバーなど、三〇人はいた。当然ながら私のクラスメイトは誰も招かれなかった。父と義母は大きなテーブルにコーヒーや紅茶、ケーキを用意した。客たちはお喋りをし、私たちに万歳を唱えた。そうこうしているうちにコーヒーはシュナプスに替わっていた。

残念ながら、その後のことはよく知らない。当事者である私たちふたりは課題を言い渡されることになっていたからだ。その課題をやり遂げて、一人前の大人として生きていけることを示さなければならない。男の子たちからはこんなふうに聞いていた——ナイフだけ持たされて携帯食料なしに森の中で二日も頑張るんだぜ。それに比べると私たちの試練はもっと簡単なものだった。義母は芝居がかった声音で重々しく

ユーゲントライテで。左が筆者

宣言した。

「今は真冬で戦争中です。どこもかしこも何メートルもの雪が積もって厳しい寒さです。食べるものも着るものもほんのわずかしかありません。あなたたちは震えながらひもじさに苦しんでいます」

どんなことを言い渡されるんだろう。胸がどきどきした。

「あなたたちの課題は」、そう言いながら義母は布地や革の切れ端と裁縫道具を高く掲げた。「これを使ってできるだけ多くの服を縫うことです」


さて、これでやるべきことはわかった。客たちがすっかり浮かれて湖の周りを散歩しているあいだ、私たちは奥に引っ込んで、端切れを縫い合わせ始めた。第二次世界大戦のときに使われた武器や鉄兜《てつかぶと》を森で見つけたと言って、客たちが浮かれて戻ってきたことをまだ覚えている。普通の人なら背筋が寒くなるようなことなのに、彼らにとってはこの日のクライマックスだったのだ。私たちの課題がなかなか終わらないので、人々は森で空気銃を撃ち始めた。

この仕事にはお祝いにふさわしい出し物が不足していた。そのため、義母が効果的な演出を考えていた。義理のきょうだいが、私と一緒に縫いあげた服を着て、みんなの前にぬっと現れたのだ。つぎはぎの革靴、布のパンツ、雨合羽、ウールの帽子。客たちは拍手喝采した。私はほっと胸をなでおろし、うれしくなった。うっかりしてボベルボトムのパンツを縫ってしまったことは、ご愛嬌ということで無事に済んだ。ただ、この日はともかく、穿くことは許されなかったろう。


辺りが暗くなってきたとき、湖のほとりで父が大きな焚き火をした。ある人は感動し、またある人は酔って、みんなで長い間火を囲んで立っていた。やがて松明《たいまつ》を手にそれぞれがカップルになった。そして整列し、式が厳粛に進められた。父は言った。

それぞれのカップルは祖先を表している。祖父母、曾祖父母、それからさらにその親というようにね。私たちに受け継がれた彼らの血が、現代社会の堕落に対する防波堤になっているのだ……。

どこからか音楽が聞こえてきた。あのとき、森を散歩していた人に見られなかっただろうかといまでも思うことがある。いまとなってはクラスの友達がひとりもいなかったことが心底うれしい。子どものお祝いどころか、白人至上主義の秘密結社、クー・クラックス・クランの集会のようにおどろおどろしかったに違いないからだ。

カップルが次々と前に出ては詩を唱えた。松明が私たちの顔の前でパチパチと燃え、火花が暗闇を飛んでいった。最後に父と義母が前に立って、私たちの目をじっと覗き込みながら話しかけた。私たちは耳を傾けているふりをしていたが、実は聞いていなかった。いつだかはわからないが突然平手打ちされることを知っていたからだ。ユーゲントライテに平手打ちは欠かせない。それは、痛みとともに子ども時代に別れを告げる瞬間なのだ。

そして平手打ちがやってきた。いきなり、しかも、よもやと思っていたまさにその場所に。頬がかっと熱くなったけれど、私は顔をしかめなかった。それどころか胸に活気が満ちてきた。やった！　ハイディは今日、ハイドルーンになった。これからは、新たな人生をしっかり歩んでいくためにたっぷり蜜酒を飲むのだ。その晩遅くベッドに入った私は、長いあいだ寝つけなかった。そして大人になったら何ができるのか、あれこれ思い描いた。

数週間後、前からの望みだったケルト十字のタトゥーを入れようとしたとき、ユーゲントライテはむしろシンボルとして理解すべきで、実際上のメリットはないことがわかった。鉤《かぎ》十字（ハーケンクロイツ）とは違い、ケルト十字なら違法ではないのだが、一四歳ではまだ親の許可が必要だったのだ。父がいいと言うとは思えなかった。いっそ規則を無視して、親のサインなしでも入れてくれるところを探そうか……。けれども友達から忠告されてやめにした――きちんと消毒されてない針でやるから、あとで炎症を起こしたって話、いくらでもあるよ。

ついに私は諦めた。心臓が右にある人間には、タトゥーはいらない――私は自分にそう言い聞かせた。たぶん、父もまったく同じように考えたことだろう。

第一〇章　私、間違ってるのかな？
心が揺れたこともある。でも、やり過ごした

右へと続く道を私はまっすぐに進んでいた。そして日一日と一般社会から遠ざかっていった。当時は気がついていなかったが、私の人生はほかの一〇代の子たちとはかけ離れていた。映画にもダンスにも、チャットにも縁がなく、男の子と遊ぶこともなかった。

しかし、そうはいっても、もっと希望のある未来へと向かうチャンスは幾度かあったのだ。残念なことに、それはいつも一瞬だけ姿を見せたと思うと、あっという間に消えてしまった。

もし私がもっと成熟していたなら、自分が間違った道を進んでいることに気がついただろう。けれども私は心に浮かんだ疑いをことごとく押しのけた。いや、全然認めようとしなかったことだってある。変わらずにあったのは、子ども時代に頭に叩き込まれたものだけ――祖国に対する誇り、そしてそれを脅かすもの、あるいはからかう人たちすべてに対する憎しみだった。

自分の家は何かが根本的におかしいのではないかという疑いを初めて抱いたのは、一二歳のときだった。私のために母が図書館から借りてきた本を夢中で読んだ私は、そのあとで昼も夜も苦しむことになった。ベッドに入ると、軍服を着た男たちや見捨てられた子どもたちの姿が頭に浮かんだ。子どもたちは命乞いをして泣いていた。父が知っていたらこの本を読むことを許さなかっただろうが、どっちみちそのころには私に対する父の影響力は以前ほどではなくなっていた。

それはウルズラ・ヴェルフェルのヤングアダルト小説『みんなの家（ein Haus für alle）』という作品だった。読み始めると止まらなくなり、読めば読むほど衝撃が大きくなるのにもかかわらず、私は熱に浮かされたように次から次へとページを繰っていった。よりによってそれまで模範的な人物だと教えられていた人々、勇敢な兵士、軍人たちが悪人に思えた。この本ではそういう人たちが悪者にされているよ、って注意してくれた人はいなかった。誰もあたしに心の準備をさせてくれなかった。でも、考えてみれば、これはただの小説だ。ひょっとするとつくり話？　女の子向けのこわいお話だろうか？　それともファンタジー？

物語は一九二一年に始まる。妻と友人たちと一緒に「みんなの家」で暮らすパウルという男が主人公だ。「みんなの家」というのは気の合う大人たちのシェアハウスのようなものだ。平時では問題がなかったろう。けれども時代が時代だった。その数年後、ヒトラーが政権を握り、ナチ党を率いてドイツを改造し始めたからだ。パウルがナチ党の幹部になったことに友人たちは衝撃を受ける。彼の専門領域は人種学と遺伝学だった。息子のロベルトが障害をもって生まれたとき、パウルは良心の葛藤に苛まれる。かたや息子や家族、みんなの家があり、かたや自分が熱狂的に信奉しているナチ党やそのイデオロギー、純血主義があった。ロベルトを施設に送らなければいけないのだろうか？　場合によってはロベルトが殺されるかもしれなくても？　それともロベルトをどこかに隠すべきだろうか？

当時なぜあれほど混乱し、心を乱されたのかを知るために、もう一度この本を読んだ。私をひどく怖がらせた箇所はすぐに見つかった。

パウルは言った。

「さて。ロベルトには少しばかり厳しくしなければならない。ロベルトがきちんとした躾を受けるときが来た。よい施設をたくさんつくるように計らおう。頭を上げろ、ロベルト、私を見ろ！」

パウルはロベルトを指して友人たちに言う。

「君たちはこいつと同じように私を愚かだと思っているんだろうな？（……）こいつは最近狂乱状態に陥った、この馬鹿者がだよ？　施設へ行くのは当然だ」

物語そのものはフィクションだが、背景になっているのは歴史的な事実だ。あんなに褒めそやされていたドイツの民族共同体、父がいつも崇《あが》めていたその社会に、どうやら居場所のない人間がいるらしいことを初めて知って、私はひどく心を痛めたのだった。避けられ、のけ者にされ、弾かれる人たちがいたらしい。どうやら階級制度があり、よい人間とよくない人間、価値のある人間とない人間、権利のある人間とない人間とがいたようだった。

そしてどの人がどちらに属するのかを決めるのは、軍服を着た数人の指導者だった。美しく健康とされる人間がいるいっぽう、劣等とされる人間もいる。このとき初めて、ハインリヒ・ヒムラー、エルンスト・レーム、グレゴール・シュトラッサーの名を知った。

パウルの健康な息子ゲオルクの話を読んだときは悲しくなった。七〇年も前のことなのに、ほんの数行読んだだけでゲオルクと私の人生がそっくりなのがわかったからだ。

いまやゲオルクはナチの少年団員で、褐色のシャツに略帽、肩章をつけていた。そんなゲオルクを見るたびに、きょうだいのノラはぞっとした。ゲオルクはいつでも小さな突撃隊員のように思えた。同時にかわいそうにも思った。しょっちゅう任務があって、遊ぶ時間がなかったからだ。また、家族のためにやっているのだからと、感謝する気持ちもあった。いっぽうで、ゲオルクが毎週二回の任務を喜んでやっていることに腹も立てていた。夕べの集会、スポーツ、行進の練習、野外演習、街頭での集会——ゲオルクは自分も少年団のリーダーになりたいと言っていた。

パウルがついに息子を施設に連れて行ったとき、ロベルトはナチの絶滅装置の犠牲になる恐れがあった。

「我々は偉大な時代に生きている。大事を行うためには多少の犠牲はつきものだ」

親衛隊大尉がこう言うと、パウルは答えた。

「命令とあらば、個人的な感情などありません。大切なのは常に国家だからです」

それから戦争が始まったため、すべてが変わる。この本を読み終えたとき、私は立ち上がれないほどのショックを受けた。

この本に書いてあるようなことは本当にあったんだろうか？　子どもたちが家族から引き離され、施設に送り込まれ、苦しめられ、傷つけられて殺されるなんてことが？

一緒に車に乗っていたときにこのことを尋ねると、父はまるで私が警報ボタンを押したかのような反応をした。猛烈な早口で喋り始め、いつ終わるとも知れなかった。心配することはない。それは最初から最後までつくり話だ。ハラハラしてショックを与えるのが目的のフィクションだよ。ホロコーストも、ユダヤ人の絶滅計画も、障害のある人を殺したなんてことも、みんな嘘だ。絶対にそんな事はなかった。安心しろ……。

私は聞いていた。聞きながらも父の言葉を一言も信じなかった。

父がものすごく興奮したのを、そう、ほとんどヒステリックになったのを見て、私は面食らった。

「だけどこの本にそう書いてあるよ」

「だからといってそれをお前が信じなければならないことはない。たいていの本はつくり話だ」

私は声を張り上げた。

「だけど、これは違うよ。ここにこんなにはっきり書いてあるもん」

言い争いになった。私は意固地になり、父はますます攻撃的になった。私が筋道立てて話そうとすればするほど、父は感情的に、ヒステリックになっていった……と、突然父の怒鳴り声がした。

「黙れ！」

車内は静まり返った。エンジンの音だけが聞こえた。できることなら車のドアを開けて外に飛び出したかった。それほど息苦しかった。

黙れ――それまでこんなふうに言われたことはなかった。思わず涙が流れた。それきり私たちは口をきかなかった。ようやく祖父母の家に着いたとき、父はまるで何もなかったかのようにふるまった。

その後、かなり長いあいだ以前のような状態には戻らなかった。私と父の関係には決定的なひびが入ったのだ。父はそれまでとは別人のように思えた。

再びなんとか普通に父と話せるようになるまで半年かかった。けれども、あのときのことが心に突き刺さるほどの大きな衝撃だったにもかかわらず、いつの間にか腹立ちを忘れ、傷は癒され、疑いも薄れていった。そうはいっても、父との関係は難しいままだった。もう親しみも感じなかったし、受け入れられている気もしなかった。愛されているとはもちろん感じなかった。父に対する怒りはそのまま残ったが、それを克服するには、まずは右翼の組織に足を踏み入れねばならなかった。

＊＊＊

子どものとき、私はいくつものスポーツクラブに入っていて、体操からテコンドーまでいろいろなものをやっていた。スケートボードをやっていたこともある。けれども、すべて途中でやめてしまった。私がやりたかったのはバスケットボールと打楽器の演奏だったが、やらせてもらえなかったので、ほかのことにはあまり興味がわかなかったこともある。

おまけにいつも失敗するのではないかと不安だった。何をやっても長続きせず、どこにいても居心地はよくなかった。もし私が何かに秀でていたら、私の潜在能力を見つけてくれる友人たちやトレーナーがいたら、励まして導いてくれる人がいたら、私の人生は違っていたかもしれない。

私は落ち着きがなく、何かにつけて極端なところがあり、不安定でむら気な子どもだった。けれども世界観は確固としており、それだけは誰も私から奪うことはできなかった。私の理想像は少女時代を通じていつも傍らにあった。それらは私の原動力であり、しがみついた木片でもあった。

ナチズムへの心酔こそ、その中でも最も強力なものだった。友情や恋よりも激しい憧れであり、仕事での成功やキャリアへの望みよりも強かった。何があろうとも、自分は選ばれた人間なのだという確信、それは私にとって大きな慰めであり、誰も私から奪うことのできないものだった。私には一緒にいると安心できる人たちがいた。その人たちから尊敬されるには、何を言うべきか、何をすべきかわかっていた。

そういえばこんなことがあった。エルディングの仲間たちと車でムルナウに向かっていたときのことだ。ムルナウはミュンヘンから小一時間ほど離れたアルプスの麓にある小さな美しい街だ。

玩具店「フェアザント・デア・ベヴェーグング（運動の宅配）」は、コンサートを開いていた。メールが送られ、電話も数本。それだけで小さな部屋はいっぱいになった。エルディングの〈カメラートシャフト〉は？　むろん、行かずにはいられない。「フェアザント・デア・ベヴェーグング」は、ムルナウのレジェンドといってよい。見たところはごくふつうの店で、脂じみた髪の不健康な感じの女が子どものおもちゃを売っているが、奥の部屋では、息子が平然と右翼のロックのCDやボンバージャケット、ナチのシャツの発送作業をしていた。この男は基本的には危険ではないだろう。二〇代の半ばで、ちょっとばかり金を稼ぎたいだけのただの取り巻きで平凡な男だった。とにかくずぼらで、このカタログ通信販売の仕事も投げやりにやっつけていた。

右翼の世界では、通信販売が重要な役割を果たしていた。ＣＤや本、シンボル商品の多くが発売禁止になっているため、売買はグレーゾーンで行われる。実際、仲間はみな、値段の高い発禁のＣＤやナチのシャツなどを買いだめしていた。ネオナチの多くはあまり金がないため、この手の店はこの数年でほとんどが閉店に追い込まれていた。

この日のプログラムはフェーリクスのライブだった。近くの町からナチが三〇人ほどやってきて、コート掛けとベンチのあいだでひしめいていた。たくさんの缶ビールがあり、外には公安の刑事がいたが、静かにしていた。さぁ、ライブが始まる。

フェーリクスはひどい二日酔いだったので、私たちは薬局でアスピリンを買って飲ませておいた。けれども、最初の和音を弾いたとたん、頭痛は消えた。何曲か歌ったが、夜が更けるにつれて、観客はもっと激しい、すぐにそれとわかる歌を歌えといってきた。これはいつものことだった。はじめのうちはみなおとなしく耳を傾けて体を揺すったりしているが、最後のほうになると酔っ払ってだみ声でがなりだす――もちろん、発禁の歌だ。ここへきてようやくみんなは幸せそうに見えた。

その後は、「ラントサー」の「ポラッケンタンゴ」や「イスラエルに爆弾を」といったクラシックともいえる曲が続いた。ライブが始まってしばらく経つと必ず歌われる曲だ。主催者は写真を撮り始めた。数秒ごとに空中高く腕がつき出される。かのナチ式敬礼だ。気分はすっかりほぐれて、誰もが楽しんでいた。私もほろ酔い気分になっていた。そのとき、突然知らない男が目の前に現れ、たどたどしくささやいた。酔って呂律《ろれつ》が回らないのだろう。

「俺のハーケンクロイツ……見たくね？」

いっぺんで酔いが醒めた。ちょっとちょっと、何言ってんの、こいつ。いや、きっと私の聞き違いだ。

「はあ？」

「俺のハーケンクロイツの旗……見たくねえかって言ってんだ」

彼の目を覗き込むと、そこには当惑と酩酊の色が見て取れた。どうやらこいつは私を連れて行きたいらしい。それとも、言ってみただけだろうか？　ちょっとからかってやろう。

「俺んち、すぐ近くなんだ」そう言ってその男はニヤリとした。「寝室にかかってんのさ」

そうか。そういうことか。それにしてもなんという情けないやつだろう。要するに、集めているのは切手じゃなく、ハーケンクロイツの旗ってわけだ。どうせ子ども部屋のジャングルブックの壁紙の上にでもかかってるんだろう。

「やめとく。興味ない」

彼をそこに残して私は去った。

取るに足らない一件だったにもかかわらず、私はしばらくのあいだ考え込まずにはいられなかった。フェーリクスにこの話をすると彼も同じ意見だった——こんなしょうもないやつらと一緒じゃ、いつまでたっても何もできやしねえ。一皮むけば、あいつら、ただのガキなんだ。

ハーケンクロイツは女の子を連れ込むための餌にすぎない。「愛」のおこぼれに与るためには、こんなに効果的なシンボルはないからだ。もし二万ユーロのＩＨキッチンをもっていたら、あの男はそれを見せたがったことだろう。

＊＊＊

再び私の世界観が揺らぐような事件が起きたのは一六歳のときだった。ただ、残念ながら今回も長くは続かなかった。私はミュンヘンからパッサウに行く急行に乗っていた。向かいの席には男が四人、年の頃は、三五から四五くらいか。中のひとりはサツカーチーム「バイエルン・ミュンヘン」のシャツ、あとの三人はバイエルンの民族衣装である革の半ズボン《レーダーホーゼン》とウールのジャケット《ジャンカー》を着ていた。ちょうどオクトーバーフエストの真っ最中で、みな酔っていたが、私は素面だった。彼らは四人で、私はひとりだった。

「姉ちゃん、ちょっとこっちへ来ないか」

ひとりが呼びかけた。

「そんな恥ずかしがらんで、こっちへ来いよ」

別のひとりが言った。その声で相当酔っているのがわかったので、気がつかないふりをした。

「嫌か？　何も取って食おうってわけじゃない。さあ」

迷惑がっていることを示そうとして、私はわざとらしく外を見た。

それからもナンパは続いた。彼らは笑いながら互いに膝や肩を叩きあっていた。

怖くはなかった。別に乱暴には思えなかったからだ。むしろ女房抜きで騒いだためにすっかり気が大きくなった田舎者といったほうがいい。

でも、見方を変えれば、こういう輩が一番厄介なのではないだろうか？　真面目で堅実で働き者の人間が、年に一度羽目を外して、いままでの二〇年間にやり残したものをなにがなんでも取り戻そうとしたら？

不愉快だったけれど、かといってほかの車両に移るのは負けたみたいでくやしい。突然誰かが私の肩を叩いた。振り向くと一七、八歳の青年が立っていた。彼は二列ほど先の席を指差して言った。そこには小さな男の子が座っていた。

「俺たちのほうへおいでよ。そのほうが安心だろ」

私はとまどって彼の目を見た。その黒い瞳は大丈夫だよというように笑っていた。私は立ち上がって彼らのほうへ行った。

残念なことにもう彼の名前は覚えていない。わかっているのは彼がコソボのアルバニア人だったと言うことだけだ。第二世代の移民でドイツ生まれだという。よりによってコソボとは……。コソボの若者たちに私はとっくにレッテルを貼っていて、心の中の人間査定表の引き出しの奥にしまいこんでいた――コソボから来たやつらはみんな乱暴でごろつきだ。ナイフを持っていなかったら運がよかったと思え。

ところがどうだろう。このコソボの青年は勇気があって冷静だった。おまけに小さな弟にとても優しかった。

しばらくお喋りしたあと、ふたりは降りていった。さっきまで私にからんでいた男たちはそれきり話しかけてこなかった。いや、私の視線を避けて、何もなかったふりをしていた。きまりが悪かったのだろう。

その晩、ようやくベッドに入ってからも長いあいだ寝つけなかった。相反する考えがぶつかり合い、せめぎあった。嫌らしくからんできたのはドイツの男たちで、助けてくれたのは移民の若者だったなんて。変だ。あべこべじゃないか。そんなはずないよね。でも、そうだったんだ……。

このとき、私のイデオロギーにもうひとつ亀裂が入った。とはいえ、この出来事もやっぱり私を生まれ変わらせることはできなかった。遠心力は弱すぎ、結びつきは強すぎた。抜け出すことができるまでには、それからまだ数年かかった。

＊＊＊

いつのまにか私は過激な右翼グループにしっかりと根を下ろしていた。友達や知り合いはもっぱらナチに限られていて、仲のよかったクラスの女の子たちともあまりつきあわなくなっていた。

にもかかわらず、絶えず自分は仲間とは違うという思いは消えなかった。それは私が女の子だったからではない。それより、自分の人生を方向づけてきたナチズムの思想や価値観のせいだった。私は周りの連中よりそれをまともに受け止めていたと自負していた。私にとってそれらは真の行動規範であり道理だったのに、彼らにとっては単なる理屈、いやそれより何よりむしろ余計な、煩《わずら》わしいものでしかなかったのだ。

私は長いあいだキャンプで教育され、訓練されてきた。父が絶えず私に伝えようとしていたのは、ドイツの伝統と選ばれた民族としての自覚だった。ルドルフ・ヘスの生涯について、私はいつでもすらすらと語れた。政治や歴史に関する本を読んで自分なりの考えをもっていたし、そのために必要な知識は講義やセミナーで身につけた。学校の成績は悪かったが、頭が悪かったわけではない。私が何か言えばそれはいつも真剣に考えた結果だった。皮肉やばかばかしいスローガンの入る余地はなかった。私は政府の転覆を、そして革命を本気で望んでいたのだ。

いっぽう周りの連中は気晴らしを求めていた。ひとりで家にいなくてもすむように、いつもつるんでいた。そして飲めるだけビールを流し込む。そうすれば酔った勢いでくだらないことで喧嘩をしたり殴り合ったりできる。ナチズムにとって価値あるものとは何か、そんなことは表面的にしか知らなかった。また知ろうともしなかった。私にとって神聖だったそれらを、彼らは余計なものだと感じていた……。

ナチズムにとって、家族はきわめて重要なものだった。そこでは家族は、目指すべき社会秩序の出発点だとみなされていた。ところが、周りの連中はほとんどみな、恋人さえいなかった。不器用あるいは引っ込み思案だったからだ。そうでなければ乱暴だった。私が愛国青年団で教わった、健康な肉体、精神と肉体の対立を乗り越える新しい人間という理想については聞いたことさえなかった。

規律もなく、理想もなく、モラルのイメージもなく、真剣に何かに打ち込みもせず、関心もなく、議論もしない。なんのことはない、ほとんどはただの「飲んだくれナチ」だった。そのことがはっきりとすればするほど、自分の置かれた状態がわかればわかるほど、私は意気消沈した。目ざすところをひとつにすることなくして、どうやって目的を達せられるというのだろう。

そうはいっても、このような欲求不満や嫌悪感、幻滅も、私を彼らから決別させるには充分ではなかった。結束が強すぎたともいえるし、この世界に溶け込もうと努力したことが裏目に出たとも言える。一度ナチという泥沼に足を突っ込んだものは、そうそう簡単に足を洗うことはできない。疑いはあった。けれども飛び出すことはできなかった。それどころか弁解と言い逃れを見つけて仲間を大目に見るように努めた。私は自分に言い聞かせた——弱いんだよね、みんな。でも、日がな一日ショッピングモールにたむろしたりネットにへばりついていたりするそこらの連中よりはマシだと思わなくちゃ。

フェーリクスも失望していた。彼もまた、運動に対して違うイメージを抱いていたからだ。いわば失望が私たちを結びつけた。仲間と一線を画すことで、私たちは結束するようになった。あいかわらずナチだったが、いや、おそらく以前よりも確信的なナチだったが、いつのころからか、ふたりだけの〈カメラートシャフト〉が生まれた。仲間をからかい、けなし、悪口を言うことがしだいに増えていった。しかし、そうはいってもまだ、彼らと袂《たもと》を分かつところまでは行っていなかった。

右翼社会は、ちょうど一〇〇〇本も触手を持っている怪物クラーケンのようなものだ。そこから抜けようとすると、捕まえられ、引き戻される。仲間を騙そうとしたり裏切ったりしようとすれば報復される。この社会は泥沼で、どんどん深みへと引きずりこむ。そこから抜けるには、勇気と鉄の意志、それから果てしない忍耐が必要だ。かつてネオナチだったある男性はその辺の事情を次のように表現している。

このイデオロギーから抜けようという決心は、それまでの人生で一番難しいものだった。右翼の世界はカルトのようなものに思えた。世間から遠ざかり、独自の組織をつくろうと試みる。もっともそれがうまくいく局面もある。コンサートであれ、政治的なイベントあるいはサッカーのトーナメントであれ、宿題の手伝いであれ、社会的、政治的な分野で余暇を一緒に過ごすことに関して、右翼社会はほとんどすべてのものを提供してくれる。

(『ターゲス・ツァイトゥング』二〇〇九年一一月二三日)

フェーリクスと私はそのころはまだ、自分たちをマシな右翼だとみなすことで満足していた。一緒に過ごす時間が長くなるにつれて個人的な話をするようになり、そのうち人には言えないようなことも打ち明けるようになった。一緒にいると楽しく、いつのまにかお互いに大切な存在になっていた。

第一一章　いざ、国家民主党へ

ジャンパーを着たおじさんたち

休暇村で父と、バウツェンで彼氏と一緒に過ごした、いわく言いがたい夏休みのあと、すこしずつ、けれどもはっきり私にわかってきたことがある――もう一度どこかの組織に入らなければだめだ。いまのままズルズルいくと、いずれ行き詰まってしまうに違いない。

そうはいってもいったい私に何があるというんだろう？

義務教育だけの学歴。ナチ友達が数人。私をかまってくれない父親。喧嘩ばかりしていて、もう口もきかなくなってしまった義母――そのときにはふたりはすでに結婚していた。私の母より新しい妻のほうが父には合っていた。彼女は父以上に右翼思想にのめりこんでおり、過激だったからだ。母とは対極的に、他人には何も言わせず、自己主張の塊だった。一生かけても手懐けることのできないじゃじゃ馬とでもいったらいいだろうか。

父は常になにか企画し、手がけていなければいられない人だと前に書いたが、義母は父にとっての「生涯プロジェクト」なのかもしれない。彼女はナミビア生まれで、なぜだかわからないが、それがいたくご自慢だった。私の立場では公平な見方はしにくいのは認めるが、それでも実に不愉快な人だという以外表現のしようがない。

二〇〇七年、休暇村で暮らしていた一五歳の私は、母と妹の住むパッサウに移る決心をした。きっかけは母の電話だった。母は私が助けを必要としていることを感じたのだと思う。母は言った。

「こっちへきなさい。パッサウなら何か資格を取って落ち着いて暮らせるから」

数カ月前だったら父は反対しただろう。私に対する影響力を失うだけでなく、使い勝手のよい使用人がいなくなるからだ。

思えばそれまでの長いあいだ、父には願ったり叶ったりの状態だった。休暇村にいるかぎり、私の将来を考えずにすみ、人手がいるとなればいつでも私を使えたのだから。そもそも私ときちんと向き合い、これからどんな資格を取ればいいかと一緒になって考えるなどということは、父には荷が重かった。

しかし、私と義母がほとんど毎日喧嘩をしているいまとなっては、私をほかへやったほうがいいと思ったに違いない。父はこれで私に対する責任がなくなると思って喜び、ふたつ返事で承諾しただけでなく、なんとそれからは自発的に母に養育費を払っていた。

あのとき決心して本当によかったと思っているし、母に感謝してもいる。さもなければ、父の休暇村にいつまでもぐずぐずしていて、いまでも「ビアシェンケ」でビールを注いでいたかもしれない。

＊＊＊

スーツケースをさげてパッサウの駅に降りたとき、来てよかったとあらためて思った。人生の新しい一章が始まった、そんな感じだった。そのページをどんなふうに埋めていくのか、それは私次第なのだ。

母との関係はいつでもうまくいっていたとは言えないにせよ、何日か経つと母といるのを喜んでいる自分に気がついた。ようやく父の支配下から抜け出すことができた。そしていままでとは違った目で自分の人生を見ることも。

無論のこと、母とは喧嘩もしたし葛藤もあったけれど、最終的には折り合えた。フェーリクスを別にすれば、母は私にとって一番信頼できる人だ。私たちは全然似ていないし、ときどき行き違いもあるけれど、根本的には母に受け入れられ、愛されていると感じる。父にそういう感じを抱いたことは一度だってなかった。

パッサウでは何もかもが目新しかった。知り合いはひとりもいなかったし、行きつけの酒場も友達もいなかった。けれどもそれはそれで悪くなかった。寂しいと思ったこともないとは言わないが、そのかわり考える時間がたくさんあり、おかげで自分の置かれた状況をこれまでになくはっきりと見つめることができたからだ。何カ月ものあいだ、私は右翼社会とまったく接触がなかった。自分の人生をきちんと歩み始めることに集中していたからだ。

パッサウは典型的な観光地で、あまり大きくはないが美しい町だった。ドナウ河、イン河、イルツ河が合流し、壮大なドームをはじめ、名所がたくさんあった。ホテルやレストランも数多い。休暇村のレストランで働いた経験があったので、ホテルスタッフの見習いをすることにした。

こうしてホテルの専門学校へ行くようになった私は、すぐに何人かと親しくなった。午前中は授業を受け、夕方には水タバコのカフェや映画に行った。生まれて初めて、ごく普通の一〇代の女の子の生活が始まったのだ。

しばらくのあいだは、右翼として過ごした過去を完全に忘れられたような気がした。けれどもある日、私は退屈し始めた。あの怪物が私に追いついてその触手をからめ、息が詰まるほど締めつけて古巣へと連れ戻したのだ。それは実に巧妙なやり方で、すこしもそれと気づかせなかった。

毎日、毎晩、同じように過ぎていった。あまりに落ち込んだ日は、昼間からウォッカを飲み始めた。どうせ孤立しているのなら、いっそ規格外れの、思い切り猛々しい女の子でいたかった。みんなが褒めそやす市民的な生活ってこんなもんだったの？ 私はつぶやいた。そこそこ働いて、眠って、ちょっとばかりテレビを見る。それに耐えられなくなると、深酒をして、翌日は二日酔いだとぼやきながら再び仕事に行く。

私はようやく一五歳になったばかりだった。けれども政治的な人間であり、そんな暮らしはあまりにも物足らず、また単調でエゴイスティックに思えた。のんべんだらりとその日その日を過ごして、ときどきは何かで楽しむ。そんな生活では満足できなかった。愛国青年団では、そういう人間は軽蔑されたに違いない。

そうやって何週間か経つと、生きがいがないと感じるようになった。摩擦や反抗、闘争、目的、そのどれもがいまの私にはなかった。専門学校の仲間は親切だったけれど、あまり深くものを考えなかった。政治や、何が正しいかというような問題についてはまったく関心がなかったのは言うまでもない。

フェーリクスと議論した日が懐かしかった。演説や政治的な闘争、スローガン、音楽が、そして暴れる口実を探しに街へ行きたくてうずうずした日々が。エルディングの仲間も恋しかった。フェーリクスのもとで自分たちは同志であり、より大きな共同体の一員だと、そう、世界をつなぐ思想を分かち合っていると感じていた。それにくらべると、いまの暮らしはどうしようもなく陳腐で無意味に思えた。

こんな混乱した状態から連れ出してくれるような趣味やクラブ、誠実な友人などの支えがあったら、ひょっとしてこのときに抜け出せていたかもしれない。けれども周りには誰もいなかった。いつのまにか、授業の中で特に退屈だった電子データ処理の時間を国家民主党パッサウ支部との連絡にあてていた。まず支部のホームページを開け、代表者に向けて簡単な自己紹介のメールを書いた。

「この町に来てまだあまり日は経っていませんが、政治的な活動をしたいと思っています。国家民主党の目指すところを知らないわけではありません。それどころか私は国家民主青年団のメンバーで、定期的に国家民主党の集会に参加していました」

数日後、返事が来た。どうやら私に関する情報を得るためにミュンヘンの同志に電話したようだった。これはごく普通に行う予防措置だ。定例会にはひとりでも多く来てほしいが、アンチファのスパイだけはごめんだからだ。私に何も問題がないだけではなく、愛国青年団のメンバーだったことがわかると、代表者から電話があった。

「いつでも歓迎です。ぜひ定例会に来てください。新しい同志に会えるのを楽しみにしています。支配体制と闘うためには熱意のある同志がぜひとも必要です」

定例会は週に一度飲み屋で開かれていた。この店は閑古鳥が鳴いているので、オーナーはたとえナチであろうと、とぐろを巻いてもらうのをありがたがっていた。パッサウ支部の人たちはジャンパーを着て、楽ちんな短靴を履いた中年のおじさんが一二人。もう少し若い二〇代から三〇代の男性が五、六人。

最初の定例会で、エルディングの〈カメラートシャフト〉とパッサウ支部とは少しも共通点がないことがわかった。ここは、極右のくせに民主的だと宣言している政党の、それもカトリックの地方都市の支部——つまりまったくの別世界だったのだ。エルディングでは私たちはまず友達であり、同志だったのだが、ここの人たちはお互いに親しみすら感じていなかった。それどころか陰口をききあい、憎み合っていた。誰もが満たされない思いを抱いた落伍者でひねくれていた。ただ、運命によって同じ政党に流れ着いたに過ぎない。

ほとんどの人は未来がなく、人生は終わっていた。だから、彼らが党に求めていたのは、楽しみや怒りや政治的な参加ではなく、自分の功名心を満足させることだった。彼らの政治活動は何ひとつ実を結ばず、誰にも気づかれなかった。けれども見方を変えれば、あらゆる革命はささいなことから始まったのでは？

私たちはつくづく滑稽な部隊だった。支部長は、定例会のたびに遺伝子操作による食品について滔々《とうとう》と述べていた。これが彼の生涯のテーマなのだ。社会、あるいは移民政策のほうがより多くの票を集められるだろうと言っても絶対に首を縦に振らなかった。

ここパッサウで私は生まれて初めて選挙に関わった。ショッピングモールでビラを配り、ポスターを貼り、インフォメーションデスクで働いた。私はいわば党の秘密兵器だった。国家民主党の感じのよい後継者であり、親しみやすい看板娘。同志が連れてきた幼い息子がインフォメーションデスクの隣りで積み木をしていたときには、私たちは理想的な配役だった。幸せそうな偽装家族。これを見て極右政党を思い浮かべる人はいない。

社会家族年金政策に関するチラシを道行く人に次から次へと渡して話しかけた。ただデスクのそばにいて、向こうから寄ってくるのを待つのではだめだということは、すぐにわかった。人々を会話に引き込み、興味を起こさせ、心を開かせ、たとえすぐに説得できなくても関心を持ってもらうことが大事なのだ。年のいった人には老齢年金に関する私たちの考えを、もっと若い人には労働市場の可能性について話した。そのうちにいろいろな戦略を使えるようになったが、何よりも人間というものについて知るようになった。

誰に話しかけたらいいのか？　どういう人とどんなテーマについて話せばいいのか？　あそこにいるカップルは裕福なのか、失業しているのか。欲求不満なのはどんな人だろう。注意深く論陣を張る必要がある人は？　自由に話してもいい人は？　人々を警戒させたくなかった。一票入れてくれるかもしれないのだから。

たいていの人はちょっと耳を傾けただけでそのまま行ってしまったが、なかには、立ち止まって話に加わってくる人もいた。興味はないというふうに、遠くから手を振って過ぎていく人もいた。罵られたことも何度かあったけれど、気にしなかった。

不愉快な現実を突きつけているのだから、みんながいい気分になるはずがない。むしろ誰からも感じがよいと思われる方が問題だ。なぜなら、それは私があまりに及び腰だったということになるからだ。罵られれば、私のやり方が正しかったことになる。

そのころには実習生として働いていたホテルにすっかり嫌気がさしていた。四ツ星ホテルで、ホテルとしては悪くはなかったが、宿泊客のほとんどがツアーかドナウ川に沿ってウィーンまで自転車で行く人たちのどちらかだった。その結果、問い合わせがものすごく多く、心休まるときがなかった。レセプションにいるのはよかったが、ほかの仕事はみなうんざりするほどストレスになった。何週間か経ったとき、ホテルスタッフは面白い仕事かもしれないが、ホテル選びに失敗したと思わざるを得なかった。

フェーリクスはそんな私の支えだった。彼だけは私をわかってくれると思っていた。国家民主党の仲間とは違っていつも私を笑わせてくれた。私たちはますます頻繁に電話をし合うようになり、メールのやり取りも始めた。けれどもまだ一度もキスしたことはなかった。フェーリクスは大切な友達であり、苦楽を共にできる人なのは間違いない。でもキスは？

私たちの愛はゆっくりと静かに育まれていった。はじめのうちは私たち自身が気づかないくらい静かに。政治活動とは関係のないことを話すようになったのが、その始まりだった。私は両親の話をし、フェーリクスはギターを弾きながら歌った。犬を連れて一緒に散歩したり、DVDを見たり、ベッドに横になってただじっとしてくつろいだりしていた。仲間の話をするときは、からかうためだった。

二〇〇八年夏、フェーリクスは友達と一緒にパッサウにやってきた。国家民主党の集会に出るためで、終わってからふたりで私をホテルまで迎えに来た。ようやく仕事を終えると、私は外へ飛び出して車に乗りこみ、これからどうするのと尋ねた。「あのさ、俺んちいま、親いないんだ」いきなりフェーリクスの友達が言った。「うちに行ってビールでも飲もう」

彼はミュンヘンの近くに住んでいた、ここからたっぷり一〇〇キロはある。でもそんなことはかまわなかった。パッサウを出られて、フェーリクスと一晩過ごせるのがうれしくてしかたなかった。とはいえ、このときはまだ彼との関係が決定的なものになるなどとは、夢にも思っていなかった。事実、そんな気配はなく、私はただ楽しい夕べに感謝していた。

友達の家に着いて、みんなでリビングでくつろいだ。ビールを一、二杯飲んだあと、友達は寝るといって引き上げた。また明日と言う日もあるからな。フェーリクスと私はテレビを見ながらお喋りしていたが、二時間ほどすると私はほろ酔い気分になり、フェーリクスは酔っ払っていた。真夜中ごろにふたりで客用の寝室に移り、数分後キスをした。

翌朝私は不安でたまらなかった。あれはどういう意味だったんだろう？　素敵な夜だった。私は愛されていると感じた。けれども、フェーリクスがひどく酔っていたのも知っていた。だから彼があのことをどのように受け止めているのかわからない。あれは単なるもののはずみだったのだろうか？　それとも真剣だった？　そんな気持ちを私は必死で押しのけようとしていたが、フェーリクスはこういうときに一番ふさわしい態度をとった。つまりほのめかしもジョークも口にせず、ただただ優しかったのだ。

散歩しよう、とフェーリクスが言い、私たちは半日ほどイギリス庭園をぶらつき、神や世界について喋った。一度もキスはしなかった。けれどもそのとき私の胸には、彼との一体感と、いままで誰にも感じたことのないような深い信頼感があった。その晩、私は幸せと不安が綯《な》い交ぜになった気持ちを抱いてパッサウ行きの列車に乗りこんだ。座席に腰を下ろしたとき、携帯を忘れてきたことに気がついた。翌日携帯はポストに入っていた。優しい言葉を添えて、フェーリクスがすぐに送ってくれたのだ。それを読んだとき、私は確信した——あたしたち、愛し合ってる……。それからは仕事のない日は列車に乗ってミュンヘンのフェーリクスのところへ行った。

来てからしばらくのあいだはあれほど居心地がよかったのに、いまではひたすらこの田舎町が気に触った。町はとても小さく、会う人はいつも同じで、いつも同じ退屈な話をした。私は病気だといって欠勤することがしだいに多くなった。あるときは仮病をつかい、またあるときは本当に頭痛や胃痛があった。心因性だったのは間違いない。私の身体のすべてがこの町が嫌いだと叫んでいた。

起こるべきことが起こった。私はやりすぎたのだ。あまりに休みが多いのでホテルの支配人が不信の念を起こし、私がまたもやしかるべき時機に診断書を出さなかったとき、その三日後に解雇通知が届いた。

無論母はいい顔をしなかった。けれども、だからといって母はどうすればよかったというのだろう？　私は仕事が苦痛で、このホテルは私に合っていなかった。とはいえ、私はまたしても最後まできちんとやり遂げることができなかったのだ。未来のことは考えないようにした。幸い私にはフェーリクスという味方がいた……。

＊＊＊

その年の秋、フェーリクスは六週間刑務所に入らなければならなくなった。罰金の未払い、警官に対する侮辱をはじめ、法律違反がいくつか重なったからだ。

それと並行して、ドルトムントにいたときの別の事件が捜査された。レーバークーゼンで起きたアンチファの活動家とネオナチの抗争の際、ひとりの女性に怪我を負わせたというのだ。それはまったくのデタラメだったにもかかわらず、彼はノイデック刑務所に入れられた。ここは一九四三年にナチのレジスタンスとして名高い白ばらのメンバーが、裁判が始まるまで投獄されていたところだ。

クリスマスのすぐあと、フェーリクスはシュターデルハイム刑務所に移された。彼の住まいからはたった二百メートルしか離れていなかったが、決定的な違いは高い塀が自由を遮っていることだった。面会は許されなかった。フェーリクスが恋しいだけでなく、レーバークーゼンの事件がどうなるのか長いあいだわからなかったため、とてもつらい六週間だった。お互いに長い手紙を交換した。

そうこうしているうちにどうやら時は過ぎ、フェーリクスは釈放された。

釈放されてから数日経ったある日、フェーリクスから聞いた話は忘れられない。国外退去のために拘留されていた人たちの話だった。年の頃は同じくらい、いろいろな国から来ていた男性たちで、そのうちの数人と話をしたという。それまでテレビでしか知らなかった世界が、突然彼の前に現実となって現れた——絶望した人たち。彼らの罪はたったひとつ、不法滞在だった。

フェーリクスは言った。あの人たちの多くが刑務所にいられるのを日々喜んでいた。恐ろしいのは、刑務所での束縛ではなく、祖国で自分たちを待ち受けている束縛だという。なかには、夜監房に押し込まれたとき、翌朝はもう会えないのではないかと泣きながら抱き合っている人たちもいた……。

第一二章　私の大切な人──フェーリクス

ナチにもこんな男《ひと》がいた

やつらは怖気づいてやがる　俺たちのシンボルに
俺たちのスローガン、俺たちの言葉に
真実が怖いからな
占領軍の嘘をつき続けてやがる
けど、みてろよ
何もかも壊れ始めてるじゃねえか
こんな時代はじき終わる
国民は再び立ち上がる
そして俺たちのドイツは再び自由になる
世界がなにを禁止しようが俺たちを潰せねえ
いくら警棒を振り上げたって俺たちをとめられねえ

いくらカネを積んだって俺たちを買収できねえ
だよな、俺たちがねらってるもの、そいつが一番いいものなんだからな
そのために俺たちは行く
血の最後の一滴まで絞って

やつらは怖がってやがる、俺たちのデモを
俺にはそれがよくわかる
この国はまもなく完全にぶっつぶれるからさ
そのときから俺たちが、俺たちだけがドイツを蘇らせる
それも今度は永遠に

世界がなにを禁止しようが俺たちを潰せねえ
いくら警棒を振り上げたって俺たちをとめられねえ
いくらカネを積んだって俺たちを買収できねえ
だよな、俺たちがねらってるもの、そいつが一番いいものなんだからな
そのために俺たちは行く
血の最後の一滴まで絞って

闘いはもっとやばくなる
てめえらが思ってるよりも
けど、その分勝利はでけえ
だがな、勝利は俺たちのもんだ
てめえら、長い間俺たち国民を苦しめてきやがった
意志も、喜びも、自由も奪いやがった
俺たちはずっと単なる奴隷だった
嘘と欲望と羨望の奴隷だった

いま、てめえらは勝ったと思ってやがる
俺たちのドイツをてめえらのやりくちで救ったと
だがな、この時代は俺たちを追いやった
途方もない怒りへと
いまや怒りは爆発した
ドイツの若者はもう黙っちゃいねえ

世界がなにを禁止しようが俺たちを潰せねえ
いくら警棒を振り上げたって俺たちをとめられねえ
いくらカネを積んだって俺たちを買収できねえ
だよな、俺たちがねらってるもの、そいつが一番いいものなんだからな
そのために俺たちは行く
血の最後の一滴まで絞って

この歌のタイトルは「K・V・D・W」といって、『自由を求めて』というアルバムに収められている。作曲したのは、私の愛する夫、フェーリクス・べネケンシュタイン。

フェーリクスにとって、ここに引用されるのがつらいことなのはわかる。これは彼の恥の記憶であり、数え切れないほど歌ったことが自分でも信じられないと言う。でも事実は事実なのだ。この数年間、フェーリクスは何度かこのYouTubeを消そうとしたが駄目だった。右翼だった過去は永遠にネットの中に保存されるらしい。ネットは何ひとつ忘れない。

『自由を求めて』というタイトルを聞くと、そのどこが問題なのかと思う人もいるかもしれないが、残念ながら問題は大ありだ。第一に、ここでいう自由とは個人の自由

ではないこと。民主主義でいう自由ではなく、ドイツの自由、祖国の自由、資本主義からの、消費テロからの、アメリカの帝国主義による絶え間ない抑圧からの自由なのだ。第二に、歌詞が美しくないことだ。この詞を書くにあたってフェーリクスはわざと粗野な言葉を使った。そうでなくても、「自治国家主義者」が時代に即した運動を展開しているので、自分もごく普通の若者にむかって語りかけようと思ったのだという。

フェーリクスと私は同じような人たちと群れていたが、それぞれの右翼への道筋はこれ以上ないほど異なっている。私は生まれたときから父方の祖父母や父、愛国青年団の同志によって、ナチエリートとして民族主義的なパラレルワールドへ連れ込まれ、そのなかで成長した。そして何年間もそれが当たり前の世界だとばかり思っていた。ちょうど、お城で育ち、二部屋のアパートに住んで初めて自分の出自の特殊なことに気づいた女の子のようなものだ。キャンプで過ごす人生がノーマルだと思っていた。それしか知らなかった。

いっぽう、初めてデモに参加したとき、フェーリクスは六つだった。一九九二年にメルンでネオナチがトルコ人の住む家を焼き、女の子がふたりと、その祖母が犠牲になるという事件があった。数日後、ミュンヘンの市民が抗議のために「光の輪」のデモを組織したとき、フェーリクスの両親は子どもを連れて参加したのだ。彼らにとって、このような行為はごく自然なことだった。

フェーリクスはエルディングの近くの村の出身だ。中流家庭で両親は教養があり、寛大で愛情深かった。三人兄弟で兄と弟がいる。弟はダウン症だ。ナチズムの心酔者なら、生きている資格がないといったことだろう。

ナチズムによれば、高級な人種が低級な人種を支配する、あるいは駆除する。強いものは支援され、できるだけ多くの子どもを生まなければならない。一方病気や弱い人、純血でない人たちはできるだけ数を増やさないようにしなければならない……。もちろん私はすぐにロベルトのことを思い出した。ウルズラ・ヴェルフェルの小説に出てきた、かつて私をひどく動揺させた少年のことだ。

けれども、フェーリクスはパウルとは違い、優しく弟の面倒を見た。弟のことになると、フェーリクスは自分のイデオロギーを封印した。通りでダウン症の男の子をからかった仲間と殴り合いになったこともある。

フェーリクスは学校の成績もよく、ギターを習っていて、大学に行くべくギムナジウムに進学した。素直な少年で、旧東ドイツに行ったとき、『南ドイツ新聞』の街頭インタビューに答えたこともあり、国民の休日についての幼い彼の発言が残っている。


火曜日が休日だと言うのはいいことだと思います。こういう日に少しばかりその背景について考えるからです。ただ旧東ドイツで気になったのは右翼がうろうろしていることです。

フェーリクスが私よりも楽しい子ども時代を過ごしたことは間違いない――少なくとも思春期までは。それからいろいろ厄介なことが起きるようになった。反抗的になり、教師と衝突し、学校をサボることが次第に多くなっていった。両親はいつも理解を示し、話し合おうとし、思いやりを示した。しかし、そのことがますますフェーリクスを苛立たせることになる。

フェーリクスは反逆しようとした。そんなことで納得してはいないと示そうとした。もう親なんかいなくていい、自分の側に立っているようなふりをする親はいらない。彼は様々な方法で挑発を試みた。手始めに左翼のスローガンやパンクミュージックで。ところが誰も関心を示さなかった。次にアンチナチのワッペンをして学校に行ってみたが、気づかれもしなかった。

どうやら俺は考え違いをしていたらしい。フェーリクスは思った。アンチナチには誰もが賛成する……もっと思い切った球を打たなければ。ピアスをして、モヒカン刈りにするだけでは両親や近所の人たちにショックを与えられないだろう。みんなは言うだろう。

「おやおや、でもこれは麻疹《はしか》みたいなものだよ。一、二年すればこの子はまた落ち着くよ」

彼らは片目をつぶり、フェーリクスにしたいようにさせておき、安全な距離を置いて見守った。そうなるとフェーリクスに残された道はただひとつ——ナチになることだった。

というわけで、フェーリクスはナチになった。というより、ナチになる決心をしたと言ったほうがいいだろう。右翼のロックのＣＤを買い、国家民主青年団に入ることに決め、国家民主党から資料を送ってもらって会員証にサインをし、エルディングで〈カメラートシャフト〉を立ち上げた。次第に家に帰らなくなり、時には道端で眠り、マットレスをひとつ余分に転がしている仲間のところに泊まるようになった。そして、いつのころか家を出た。家庭に代わる居場所を見つけたのだ。

「音楽は若者にナチズムを理解させるための最高の手段である」とは、ネオナチの音楽ネットワークで政治団体でもあるイギリスの「血と名誉」の創立者、イアン・スチュアート・ドナルドソンの分析だが、まさしく彼の言うとおりだ。多くの若者は音楽を通じてこの世界に入る。ナチバンドは彼らの接着剤だ。若者はマニフェストなど読まないし、ややこしい理論について考える気もない。欲求不満であればなおさらだ。彼らは何かを感じ、予感し、ずっと満たされずにきた何かを欲しいと願う。そんなとき、「電撃戦」や「憎しみの歌」というようなラントサーの曲を耳にする。そのとたん、はっとして気がつくのだ――俺はもうひとりじゃない。

不満のはけ口を彼らは音楽に見いだす。それらは単純なメッセージで、知らず知らずのうちにゆっくりと彼らの意識に染み込んでいく。ドイツだけでも毎年一〇〇枚もの右翼CDが市場に出るが、右翼勢力にとってこれは馬鹿にできない財源なのだ。

フェーリクスはデモのときに会場整理係を頼まれるようになった。人手がいるときには彼がいた。彼は少しでも手伝いたいと真面目に考えていた。いつのころからか、歌をつくるようになり、仲間の前で歌い始めた。フェーリクスは「シンガーソングライターのフレックス」になり、有名なネオナチのノルマン・ボルディンの支援で右翼運動の主力メンバーになった。

暗くなると建物の壁に「平和の殉教者――ルドルフ・ヘス」とか「自由な・社会の・国家の」などとスプレーして回った。衝突や挑発のタネを探し、エルディングの市立公園で村のパンクスを胡椒スプレーで攻撃した。また、青少年センターのトルコ人と殴り合ったりもした。

フェーリクスはドイツ人であることを誇りに思っていた。右翼であることも。だから瞬く間に過激になった。より崇高な使命があると信じるようになり、俺についてこないやつはすべて馬鹿か、あるいは外国に操られていると思い込んだ。だから、俺がやってることがどんなに重要かわからないのだと。両親と縁を切り、昔の友達を無視した。

シンガーソングライター、フレックスの名は、広く知られるようになった。はじめのうちはパーティでほんの数曲披露するだけだったが、しだいにその時間が長くなっていった。しばらくして小規模のライブをするようになったが、ギャラは取らなかった。運動の一環だから、それで儲けるわけにはいかないと思うほどのめりこんでいたのだ。

国家民主党の集会で知り合ったとき、彼は二〇歳だったが、すでにバイエルンのネオナチのなかで確固たる存在になっていた。初めて話をしたとき、フェーリクスが私の揺るぎのない世界観を褒め、父親が右翼だと聞いて羨ましがったのをよく覚えている。

いまやフェーリクスにとって大切なのは、〈カメラートシャフト〉であり、誤った偽りの世界秩序を転覆させることだった。

そして私は？　私は彼と一緒に闘いたかった。私も同じことを感じていたからだ。私はナイーブな女の子に過ぎなかった。だが、仲間と一緒にいるときの連帯感、巨人ゴリアテを倒した少年ダビデに対する感激を馬鹿にしてはいけない。

もしあなたがナチになると決めたら、周りの人間の九〇パーセントは離れていくだろう。だから必然的にナチ仲間と過ごす時間のほうが多くなり、一緒にドイツじゅうのデモや集会に行くようになるが、特急列車ではない。坂を登るたびに息も絶え絶えになるおんぼろのオペルで行く。あなたはいつも金欠、周りの連中も同じだ。というわけで、みなでガソリン代の数ユーロを出し合う。運がよければ誰かがリュックから缶ビールをいくつか取り出すだろう。同じ歌を歌い、同じスローガンを叫び、アンチファがあなたにむかって唾を吐きかけ、襲いかかってきたら、仲間と一緒に一歩も引かずに頑張る。

どこへ行こうと、どんな場所に足を踏み入れようと、拒絶と軽蔑が待っている。いつも少数派で、敵で、のけ者で、敗者だ。でも敵の数が多ければ多いほど、団結はますます強くなる——残りのやつらは全部敵だ。

第一三章　柩《ひつぎ》にかけられたハーケンクロイツの旗

私は何度もカメラマンを殴った

二〇〇八年七月二六日は、私の数多い恥ずべき過去のなかでも特に忘れられない一日だ。それは、古参のナチ、フリートヘルム・ブッセの葬儀の日だった。

真夏だったにもかかわらず、朝は霧が立ち込めており、それからようやく少しずつ日が射してきた。この葬儀は私の意識の奥深くに焼きついたのだろう、大げさな弔辞や花輪、参列者の表情、何から何まで細かく思い出せる。そしてこの日、私は自分でも知らなかった意外な自分の一面を知ることになる。どの新聞もこぞって報道したため、いまでも記事と写真がネットで見つかる。デジタル化された世界においては、過去と決別することは容易ではない。

七月末のこの土曜日、パッサウは右翼勢力の中心地だった。誰も彼もやってきた。国家民主党の最高幹部をはじめ――なんと党首のウド・フォイクトまで――ネオナチの有力者、トーマス・ヴルフやノルマン・ボルディン、クリスティアン・ヴォルヒ。さらに、苦虫を噛み潰したような顔をした古参のナチス、冴えないスキンヘッズ、暴力的な〈カメラートシャフト〉の面々。

フリートヘルム・ブッセは、第二次世界大戦のあと、ドイツのネオナチ勢力の中心人物だった。晩年は妻と一緒にのんびりとした老後を送っており、絶えず鼻を突き合わせなくてもすむように、二階建ての家で上下に分かれて住んでいた。国家民主党出身の人間にとって、ブッセはヒーローだった。たしかに彼ほど組織に多くの貢献をした人間はほかにいなかったろう。車椅子に乗った七九歳の白髪の老人の冒険談を、私の仲間はいくらでも聞きたがった。フリートヘルム・ブッセは人物だ、レジェンドだ、と誰もが口をそろえた。

ブッセの父親はナチ突撃隊の支部長だったが、ブッセ自身、一九四四年に一五歳で武装親衛隊に志願し、翌四五年の四月、つまり敗戦直前まで迫り来る連合軍に対してヒトラー・ユーゲントの親衛隊第一二師団で対戦車兵として戦った。あることないこと語っていたにきまっているが、そのうちのいくつかは本当にあったことだろう。もちろん私の仲間はブッセを魅力的だと思っていた。実際にヒトラーのために戦った男。そんな男にほかのどこで会えるというのだろう。おまけにブッセは何十年ものあいだ、倦《う》まず弛《たゆ》まずナチズムに献身することで自身の神話を創り上げていた。言い方を換えれば、ブッセにはいくつも前科があったということだ。

一九八三年、ブッセは盗品売買、司法妨害、銀行強盗犯幇助、銃及び爆発物規制法違反によって三年九カ月の実刑判決を、一〇年後には、禁止されたネオナチ組織を引き続き率いていたかどで二〇カ月の保護観察処分を言い渡された。二〇〇一年には、統一によるドイツ連邦共和国の成立を「犯罪的行為」と批判したこと、ナチ党独裁の復権の主張、連邦外務大臣ヨシュカ・フィッシャーを反ユダヤ主義の意味をこめて「ヨッセレ」［本名ヨーゼフのイーディシュ語（ユダヤ人の言葉）形］と呼んだことなどから、民衆煽動かつ国家およびそのシンボルの侮辱罪で、二八カ月の刑となった。

仲間はブッセをレジェンドだといっていたが、私は神経質な人間だと思った。その数々の功績や右翼勢力に貢献したことも知っていたけれど、どうしても感覚的に好きになれなかったのだ。当時すでに私には、少なくとも人間に対しては、ある種の勘が備わっていた。誠実だとか信頼できるとか思えない人と出会うと、私の中で――こうとしか表現できないのだが――警報が鳴るのだ。

仲間内の哀しみはごくあっさりしていたにもかかわらず、いや、おそらくそれだからこそ、葬儀は熱心に準備された。第一に、同志を荘重に追悼し、丁重に別れを告げるため。第二に、主要人物が勢揃いしたところを世間に見せつけるために。ブッセの人生、その闘い、そして死が、無駄であってはならない。だから、ここパッサウで、未だかつて見たことのないような追悼の儀式をみせてやる。

一連の動きは、国家民主党が地元紙に掲載した広告で幕が落とされた。これはナチ時代に使われた二種類のルーン文字で飾られた死亡広告だった。同時にドイツ中の右翼勢力にむけて、同志ブッセの葬儀に参列するためにパッサウに来るよう、ＳＮＳで動員がかけられたのだ。

葬儀はパッサウ郊外の村の教会の裏にある無名の共同墓地で執り行われた。ブッセの息子や同志は、どうやら彼を深く愛していたわけではなかったようだった。

私がブッセの葬儀に参列することを知っていたら、母は決して行くことを許さなかっただろう。暴力沙汰になることを予感したに違いないからだ。母との衝突を避けるために私は黙って家を出た。ブッセが好きだったことは一度もないが、仲間を放っておくことはできなかった。こういうときには、個人的な好き嫌いはさておいて、力と団結を示さねばならない。誰に命じられたわけではなかったけれど、ブッセの葬儀に参列することを私は自分の義務だと感じていた。

思えば朝のうちからすでに不穏な兆候はあった。ことに、警察が道路封鎖をして、パッサウに向かう人間をしらみつぶしに検問してからは、辺りの空気はピリピリしていた。何人か逮捕者が出て、バットと鉄のヘルメットを押収された。それでも最終的に八〇人が検問を通過して墓地に姿を現した。私はすでに国家民主青年団の旗を掲げていた。ネットに当時の新聞の写真が載っており、自分の顔が映っていることを思うと顔が赤くなる。

いつの間にかトーマス・ヴルフ（仲間内ではシュタイナー）が来ていた。ヴルフはこの中で最も狂信的な人間で、単にいくつも前科があるだけでなく、まるでこの七〇年間が存在しなかったかのような弔辞を述べた。弔辞のあと、ヴルフは花輪の間に跪《ひざまず》いて、鞄から何か束ねたものを出して広げた。現れたのは、なんとハーケンクロイツが真ん中に描かれた帝国軍艦旗だった。彼はそれを丁寧に広げてほとんどいとおしむように柩《ひつぎ》の上に広げたあと、シャベルをとって土をかけ始めた。土をかけながら、はじめに軍歌「おお、わが戦友よ」、それから親衛隊（ＳＳ）の歌「たとえすべてが背こうとも」を歌った。

私は金縛りにあったようになって小声で一緒に歌ったが、いま自分が見たものが信じられなかった。辺りを見回したが、誰も眉ひとつ動かさない。ハーケンクロイツとともにブッセをあの世へ送り出そうとしているヴルフを止めようとする素振りはみじんもなかった。党首のウド・フォイクトはどうだろう？　けれども彼もまた、もはやあまりみずみずしくなくなったドイツの樫の木よろしく墓穴の前に直立不動で立っていた。

もう何年も前から、そのときが来たらハーケンクロイツの旗と一緒に埋めてくれと、ブッセは口癖のように言っていた。フォイクトはこの願いに応えようと思ったのだろう。

ヴルフが最後まで歌い終わると、同志が次々と墓に近寄って別れを告げた。私の番になったとき、小さな木製の十字架に書かれた銘文に思わず目が吸い寄せられた。

「たくましく生き、己の義務を果たし、最善の努力を尽くせし者は、永遠に我らが光明となる」

柩にかけられた土はどんどん厚くなっていった。最後のひとりがシャベルを置くと、ゆっくりと葬列が動き出した。私たちはしずしずと歩いた。何もかも重々しくなければならない。そのとき、降って湧いたように私たちの仇敵が姿を現した。アイーダ・アーカイブのカメラマンだ。アイーダ・アーカイブとは、一九九〇年に当時のアンチファ活動家によってつくられた組織で、バイエルンにおける右翼勢力の情報を集めるのが目的だ。もう何年も前からこのカメラマンは私たちにつきまとっていた。誰もがその顔を知っており、そして憎んでいた。

彼が絶え間なくシャッターを押しているのを見て、私たちの怒りが爆発した。しばらく観察していた私は、むかむかして頭に血が上った。参列者の写真なんか撮ってどうするんだ。そんなことをしたって、本当に悲しんでる人間がほとんどいないことさえわからないくせに。

あおられたような気がした私は、墓地を出るとすぐに彼につかみかかった。最初は私とあとふたり、女たちだけだったが、それからどんどん増えていき、私はいつの間にか彼を殴っていた。こいつには散々やられてきた。いま、仕返ししてやるんだ。数メートル先には、ドイツ通信社のカメラマンがいて、半ば呆然として、半ばパニックになって眺めていた。あいつはどうでもいい。だけど、アイーダ・アーカイブの男には思い知らせてやる。

私は彼の腹を、そして手を、繰り返し手を殴った。こいつの、このダニみたいなカメラマンの手からカメラを落としてやる。私たちはカメラマンを壁に押しつけて急所を殴った。彼は逃げようとして暴れたが、私たちのほうがずっと数が多く、すでに一〇人ほどが彼を下敷きにして散々に殴っていた。もはや彼は逃げようがなかった。

これらすべてはほんのわずかなあいだのことだった。けれども私は生まれて初めてヒステリックな怒りを感じていた。カメラマンに対する憎しみは私の中でどんどん膨れ上がっていき、収拾がつかなくなった。こいつは人間のクズだ。怪我したってかまうもんか。ボコボコにしてやる。

カメラの部品が地面に散らばったのを見たとき、まるでトロフィーでももらったかのようないい気分だった。そう、私は仲間と一緒に猛然と飛びかかり、カメラマンを痛めつけたのだった。

ふいに誰かにうしろからつかまれ、引きもどされた。カッとして振り向くと、公安の刑事だった。警官が数人でカメラマンを助け出した。それを見た私は、はっと我に返り、とまどい、衝撃を受けた。頭に血が上ってひどいことをしてしまった……。たったひとりのカメラマンに二〇人もが殴りかかったとき、私も一緒だった。自制心を失い、熱に浮かされたようになってエスカレートしてしまったのだった。

カメラマンはどうにか逃れることができた。肋骨を数本折り、打撲傷もあったがそれほど深刻なものではなかった。あのとき私は彼を気の毒だとは思わなかった。殴られて当然だ。そう思っていた。自分に害を与えたわけでもない人を殴ったのだと思うと、いまでは信じられない気持ちだ。

それにしても警察はなぜもっと早く介入しなかったのだろう。これについてはいまだに不思議だ。あの日、墓地は、いやパッサウ全体が警官だらけだった。にもかかわらず、カメラマンを助けにくるまでたっぷり二分はあった。

「我々は葬儀の邪魔をするのではと遠慮した」というのが警察の言い分だった。結局一一人が警察へ送られ、残った私たちは、追悼式をあきらめて、そのかわりパッサウ市内でデモをすることにした。週末のことでパッサウが観光客でごったがえしていたことも私たちには好都合だった。何があったのか、知らせてやろうじゃないか。というわけで、私たちは歩きながら「アスタ・ラ・ビスタ（さっさと失せろ）、アンチフアシスタ！」と叫んだ。そしてもう一度「アスタ・ラ・ビスタ、アンチファシスタ！」

葬儀のあと、ツケが回ってきた。すべての日刊紙が、いや週刊誌の『シュピーゲル』まで、パッサウの葬儀について報道したのだ。写真も載っており、国家民主青年団の旗を掲げた私が映っていた。

二日後、携帯が鳴った。公安の刑事からで、証言のために署に来いという。

「行きません」

「証言するだけだよ」

「ううん、何もしてないから、あたし」

証言しなくてもいいことは知っていた——たとえ、一〇回呼び出されても。証言させるには検事が電話してこなければならないからだ。こんなケチな野郎、怖くもなんともない。

「わかった。それならこちらから行くまでだ。パトカーで明日ホテルに連れにいくからな。ほら、あんたが働いてるホテルだよ」

こいつ、どうしてあたしがホテルで働いてることを知ってるんだろう。

「それは困ります」

もし警察がやってきたら、ホテルの支配人や同僚にわかってしまう。

「わかった。じゃあ行く」

「お母さんも一緒に」

「それはだめ」

「いや、一緒だ」

「だめ」

「よろしい。じゃあ、こちらからお母さんに電話する」

彼の勝ちだった。

私は一部始終を母に打ち明け、一緒に来てくれるように頼んだ。といっても、もちろんいくつか都合の悪い点は省いて、何も悪いことはしていない、そもそもほとんど関係していないと言い張った。

「本当だってば。なんで証言しなきゃなんないのか、わかんない。だって何も見てなかったんだもの」

そして警察で証言した。関心もないし、関係もないという態度で。下手に何か言えばボロが出る。私は口を尖らせた。

「本当に何も見てません。だってお葬式だったんだから。泣いてたんだから」

「で、ハーケンクロイツの旗は？　見たかね？」

「ハーケンクロイツの旗なんか見てません」

私が何か隠していると感づいた刑事は、青少年局を呼ぶと脅したので、私は焦った。

鑑別所に送られたらどうしよう……。さらに刑事はドイツ通信社の写真の白黒コピーを机の上に叩きつけた。それにはブッセの墓の前で、国家民主青年団の旗を掲げている私が映っていた。

刑事は母に説教した。

「一六歳の娘をそういうところへ行かせるなんて、いくらなんでも無責任だね。これは決してささいなことじゃない。ドイツの、しかも危険なネオナチの集まりだったんですよ。ちなみにあのカメラマンは重傷を負ったよ」

ところが刑事は母を見くびっていた。青少年局を持ち出されたとたん、母はがらりと態度を変えた。少なくともそういう態度をとって私の味方についた——内心では私に腹を立てていたのはもちろんだが。私は思わず心の中で叫んだ。

うわあ、やるじゃん、ママ。

いまの私にはわかる。正しかったのは母ではなく、あの刑事だった。彼は私の良心に訴え、横柄だったけれどフェアだった。基本的に私は警官のことをあまりよく言わない。不愉快な経験がうんざりするほどあるからだ。けれどもこの人はそんなことはなかった。

いまの私にはわかる。未成年の娘がナチの葬儀、それも傷害事件を起こした葬儀に参列していたら——そう、あの人の言ったとおりだ。うちの家族にはたしかに常軌を逸したところがある。とはいえ、証言にサインをするのを拒んだのを最後に、この件は打ち切りになった。

第一四章　終わりの始まり

妊娠そして流産

二〇〇九年の始め、フェーリクスと一緒に住むようになった。私たちはミュンヘンのギージングにある公営住宅に住んでいた。サッカーチーム「1860ミュンヘン」の本拠地グリュンヴァルダー・シュタディオンの近くだ。

生まれて初めて、私はささやかながらも幸せを感じていた。刑務所から出たあと、フェーリクスはかつての仲間からいくらか距離を置いていた。相変わらず酒を飲んでいたけれど、彼を愛していたし、そばにいるだけで幸せだった。ポケットに一セントもなくても平気というくらい自由な気分だった。

とうとうみんないなくなった——娘を掃除婦に貶《おと》めた父も、心配ばかりしている母も。私を苦しめた愛国青年団のリーダーたちも。そうそう、私に色目を使った国家民主党のおじさんたちも。

ようやく自分の責任で、自分の意志で歩むことのできる道が目の前に開けた。その道は険しく、いつ後戻りするかもわからず、危険に満ちていた。でも私にはその道を行く覚悟があった。

子ども時代の権威主義的な考え方からは解放されたが、だからといって、なにもいきなりイギリス庭園でマリファナを吸ってボンゴを聞くわけではない。刷り込まれたものを拭《ぬぐ》い去ることはたやすくはない。

私の人生に介入してきたサディストと傲慢な人たちには反感を抱いていた。右翼的な世界観にも亀裂が入っていた。それにもかかわらず、私にはまだまだ行動を起こすだけの自信がなかった。

むろん、すでにいくつか変化はあった。もう久しく前から私は以前のように喧嘩っ早くもなく、ネオナチ特有のスタイルでミュンヘンの街を闊歩《かつぽ》することもなく、身なりもごく普通になっていた。フェーリクスはそんな私を愛していた。彼の前では素のままの自分でいられた。

何週間かふたりで気ままに過ごしたあと、現実が追いついてきた。自分たちの置かれた状況がかなり厳しいことに気づかずにはいられなかった。フェーリクスも私も、仕事もなければお金もなく、今後の見通しもない。私は義務教育しか終えていないし、ギムナジウムを中退したフェーリクスにはそれさえない。いまさらのようにそのことに思いいたって、それまでの私たちの自由な気分はたちまちしぼんでしまった。

おまけにここミュンヘンでは、コーヒーであれビールであれ、ドイツのほかの街の倍はするときている。気持ちが折れなかったのは、私たちが若く、世間知らずで、愛し合っていたからだ。

そうはいっても、今日はレストラン、明日は映画というわけにはいかない。代わりに犬を連れて散歩に出かけ、夜更かしをし、朝寝をして、明けても暮れてもパスタを食べていた。一日は長くなる一方で、フェーリクスはパソコンの前に、私はテレビの前に座っていた。

幸い、フェーリクスはときどきアルバイトにありつけた。そのためにアンテナを張っていて、いろいろなところに出かけた。不安定な状態だったけれど、ふたりで一緒に耐えた。愛があったから希望を捨てずにいられたのだ。

繰り返し私は自分に言い聞かせていた。ミュンヘンは豊かな街で失業者も貧しい人もいない。完全雇用なんだ。諦めずに努力すれば、いつかは仕事が見つかるはずだ。たとえ、今日、明日にとはいかなくても。とはいえ、たいていの時間はそれを意識から押しのけて何かほかのことをぼんやり考えるか、テレビを見るかして過ごしていた。

できることなら、初めての自分たちの住まいを、木製の家具と綺麗な額に入った絵で整えたかった。子どものときの税関の家具がトラウマになっていたのだ。でも実際にはイケアのソファーさえ手が出なかった。

わずかな家具、ベッドと棚はフェーリクスの兄さんからの貰い物だし、壁には絵の代わりにヘヴィメタルのフェス「ヴァッケン・オープン・エア」のポスターと、ばかでかい「1860ミュンヘン」のロゴ。これはある晩、酔った勢いでフェーリクスがスプレーしたものだ。

殺伐としたこの部屋で私はときどき声を上げて泣きそうになった。あたしが望んでいたのはこんなうちじゃなかった。こんな生活じゃなかった。ごくささやかでつましい、でも、壁には風景画がかかり、キッチンにはパンケースがある、そんな暮らしだ。いままであたしはあまりにでたらめな生き方をしてきた。これからはもう、こんなぐちゃぐちゃな、いきあたりばったりの生活は嫌だ。これからは自分でこうと決めた人生を送りたい……。

私たちはほとんどほかの人たちに会わなかった。ふたりでいることで満足していた。フェーリクスはデモに行かず、私も長いあいだ仲間に会わなかった。これからの人生をネオナチと一緒に送りたくないとぼんやりと思い始めたのはこのころだった。私たちは幻滅していた。そして今後は仲間の愚かさに目を瞑《つむ》ることはしまいと決心した。

夢は破れ、長いあいだ理想だと信じていたものは色褪《いろあ》せた。こうして私たちは、それまでの人生から少しずつ少しずつ距離を置き始めた。

＊＊＊

　ある日、目を覚ました私は妊娠しているのに気がついた。といっても検査したわけではない――ただそう感じたのだ。なんだかいつもと様子が違う。自分の身体なのにひとりじゃなくなったみたい。そう思った。

「フェーリクス。赤ちゃんができたみたい」

「何ばかなこと言ってるんだよ」

　呆気にとられてフェーリクスは私を見た。「なんでまたそう思ったんだ？」

「わかんない。でも、そうだと思う」

　フェーリクスは私のことをどうかしていると言ったが、それでも妊娠したかどうか検査しようということになった。

「一番安いやつでいいよな」

　家を出るとき、フェーリクスは言った。頭から間違いだと決めてかかっている。三〇分後、私たちは並んで腰をおろし、ドラッグストアで手に入れた検査スティックを食い入るように見つめていた。

　陽性と出たスティックを鼻先に突きつけると、フェーリクスは声を上げた。

「そんなばかな！　こいつ、いかれてるんだよ」

救急薬局にむかって歩きながら、私は最後のタバコを吸った。そこでふたつめの検査薬を買った。これは別のメーカーのだ。今度も結果は陽性だった。間違いない、妊娠してるんだ。子どもが生まれるんだ。数秒間、私は黙って心の声に耳を澄ました——どうしよう。あたしには荷が重い。やっと一七歳になったばかりなんだもの。

セーターを引き上げる。もちろんまだ何の変化もない。けれども、だからといっていまこの瞬間に私の中に小さな生命が宿っていて、それが、息子あるいは娘が日々大きくなっていく事実が変わるわけではないのだ。

本当に妊娠しているとフェーリクスが信じるまでにはしばらくかかった。一時間後、彼の顔には誇らしげな色が浮かんでいた。そして、このニュースを何が何でも誰かに話さないではいられなかった。彼が電話したのは仲間ではなく、両親だった。もう何年も前から険悪な関係だったのに。翌日ふたりで婦人科の医師のところにいった。

「五週目だね。産むつもりかな、それとも？」

私は息を呑んだ。

「もしそうでないなら、中絶について相談しましょう」

「とんでもない」

私たちは異口同音に言った。顔を見合わせもしなかった。

中絶なんか考えられない。私たちは若い、けれども愛し合っている。もちろん、途方にくれた一〇代の母親や泣き叫ぶ赤ん坊の姿が脳裏にひらめきはした。テレビで見た衝撃的なシーンも。けれども私は子どもが欲しかった。それはフェーリクスも同じだった。それからの数日間、あるとあらゆる疑問が絶え間なく浮かんだ。

どのように育てたらいいんだろう？　民族主義的教育？　私が育てられたみたいに？　それとも？

迷いはなかった。あらゆる問いに対する答えは初めからわかりきっていたのだから――私たちの子どもは絶対にナチにはしない。母になると知ったその瞬間、ナチのイデオロギーはその魅力を完全に失った。世界観、友人、過去――そう、自分の全人生に私は疑いの目を向けたのだ。あらゆるルサンチマンや妬み、憎しみ、攻撃心を捨てた。これらはみな、もはや何の意味もなかった。私は母親になるのだ。

まだやっと数ミリだけれど、この子には私よりも幸せな子ども時代を送ってほしかった。自分たちの暮らしをこの子が根本から変えてしまうことを十分に承知していた。いま、このときから生活の優先順位を変えなければならないことも。けれども、私にはすべきことをして暮らしをきちんとするだけの愛があり、エネルギーがあった。

私たちは出産のための準備をはじめた。青少年局と職業安定所に行って失業給付金を申請し、もう少し広い部屋を探し、妊娠や出産に関する支援機関であるプロ・ファミリアで情報を集めた。以前は決して考えなかっただけでなく、そのためのエネルギーも意欲もなかったことがらが突然すらすら運んだ。一夜にして私は生まれ変わったのだ。

ネオナチ仲間から抜けるにはこの状況は好都合だった。私たちがあまり顔を出さないことを彼らは受け入れているようだった。まだ「戦線」にいるかどうか、気にかけていた仲間もいたかもしれないが、いまや妊娠という立派な理由がある。この世界では、ときどき姿を潜めることには大いに理解があった。理由はいろいろだ。仕事先や警察でトラブルを起こすこともあるし、家庭を築こうとすることもある。そして、私はといえば、妊娠していた。「しばらくいい子でいる」これが仲間内の合言葉だった。

＊＊＊

二週間ほどして出血があった。あわてて婦人科を訪れると、医師は言った。

「順調です。こういうことはときどきあるから心配はいらないよ」

ところが出血が止まらない。不安が頭をもたげた。妊娠したときもそうだったが、今度もなにかおかしいと感じた。フェーリクスと話し合い、セカンドオピニオンを取るために別の医院に行った。

私のお腹にジェルを塗って超音波検査をしながら、医師は言った。

「心音がもう見えないね。ま、そうでなくても、もともと羊水が少なすぎる。子どもはどっちみち障害があっただろう」

彼の言葉は私の胸を貫いた。

心音がない？

羊水が少なすぎる？

「すぐに薬を飲むかい？　それとも明日にする？　子宮口を開かないとね。そうしないと堕ろせないから」

私は聞いてはいたが、頭に入らなかった。

何の薬？

堕ろすって？

「いいかね、明日もう一度来なさい。搔爬《そうは》するから」

あまりの衝撃で、何もわからなくなった。フェーリクスにつかまって診察室からよろよろと受付へ行って告げた。どんなことがあっても、薬なんか飲みません。

いったいどうしたらあれほど無神経でいられるんだろう？　あの医者は自分の言ったことがわかってるんだろうか？　誤診の噂なんか掃いて捨てるほどある。別の病院で翌日の予約を取った。子どもがもう生きていないなんて……。そんなはずはない。

残念ながらそこでの診断も結果は同じだった。ただ、今度の医師は、私をいたわり、慰めるために時間を取って丁寧に今後の処置について説明してくれた。

私は様子を見ることにした。この期に及んでもまだ希望を捨てきれなかったからだ。ふたりとも間違ったってことだってあるかもしれない……。

二、三日後、聖霊降臨祭の土曜日だったが、突然激しい下腹部の痛みに襲われた。出血が始まり、サッカー場にいたフェーリクスに電話した。一〇分後、タクシーでフェーリクスが迎えに来てふたりで病院へ向かった。痛みで気を失い、再び意識を取り戻したとき、流産したことがわかった。私の子どもは、生まれる前に死んでしまったのだ。

あれから八年。この時期が、これから消すことも忘れることもできない自分の人生の一部であることを、いまの私は受け入れている。人生はコンピューターゲームではない。記憶が蘇《よみがえ》って私を苦しめるときもある。いっぽうで自分の強さを思い出して心強くなることもある。しばらく前にある人から聞かれた。男の子だったのか、それとも女の子だったのかと思うことはあるかと。正直にいうと、そんな時期もあった。でも、いまはもうそんなことはない。

＊＊＊

何カ月も笑うことができなかった。すべて以前とは違ってしまった。私は子どもを失ったが、子どもに対して責任を持つことがどういうものかは理解することができた。自分の子ども時代と青春時代を振り返っても、何ひとつ自慢できるものも感謝すべきものもなかった。私がそこに見たものは、虚しく過ごし、浪費した歳月、滑稽なスローガン、愚かで哀れな人々だった。

私はウド・パステールスやマルティン・ヴィーゼ、ウド・フォイクト、さらにノルマン・ボルディンのことを考えた。けれども、彼らがしたことや信じていたこと、そして私が信じていたことのすべては、空っぽの人生を埋め合わせるためのものにすぎないように思えた。

仲間はあいかわらずだったが、もはや何の親しみも感じなかった。もう関わりを持ちたくなかった。一緒にいると退屈するか苛々するかのどちらかだった。人生を形づくっているもののほんの一部分を生きてきただけなのだということに、私はようやく気がついた。何年ものあいだブラインドを下ろした部屋にいて、それが世界だと思っていたのだ。

けれども、もう二度とそんなことはしない。心は決まった——脱退しよう。できるだけ早く。永久に。どんなことがあっても。


幸か不幸かちょうどそのころフェーリクスのキャリアが軌道に乗り始めた。何年もかけて完成させた最初のCD『自由を求めて』は、すでに二年前に制作されていたが、それがようやく売り出されたのだ。彼にとってはとても誇らしい瞬間だった。けれども、残念ながらタイミングが悪かった。

腹を立てたらいいのかフレックスのために喜んだらいいのか、私にはわからなかった。けれどもこのアルバムは本当によく売れた。まずミュンヘンで、それからその近郊、次に南ドイツ、ついにはドイツ全体で。

あらゆる右翼フォーラムがこのCDを取り上げたために、瞬く間に評判になって、ライブやコンサートのオファーが次々と来るようになった。その結果、フェーリクスは昔の組織へと引き戻されていった。いや、それどころか次第に右翼仲間に依存するようになった。それもそのはず、CDを買ってくれるのもコンサートに来てくれるのも仲間だからだ。そのときにはギャラを受け取るようになっていたので、あるときは五〇ユーロ、またあるときは一〇〇ユーロというように収入があった。私は複雑な気分だった。でも、そのおかげで助かったこともまた事実なのだ。

いまやフェーリクスは週末ごとに出かけていた。大事なメンバーの誕生日？　フェーリクスが歌う。国家民主党の夏祭り？　フェーリクスが歌う。ライプツィヒのチンピラがクラブハウスでイベントをする？　フェーリクスが歌う。

奥の部屋のコート掛けのあいだで、飲み屋で、キャンプファイアーで、小さな舞台で、フェーリクスは歌った。客は二〇人のことも二〇〇人のこともあった。彼は再び大酒を飲むようになったが、私はそれを咎めることができなかった。酒でも飲まなければ耐えられなかったと思うからだ。いまだに表向きは確信的な極右だった。けれどもその実、混乱し、疑念に苦しみ、過去を葬りたいという気持ちと、歌手として稼ぎたいという気持ちのあいだで引き裂かれていたのだ。

それに、私たちにはフェーリクスの稼ぎが必要だった。ささやかな名声も、彼にとっては報酬であり、代償でもあった。私は彼を信頼していたから反対はしなかったけれど、彼のいない夜は不安を抱えながらひとりテレビの前で過ごしていた。ふつうの市民生活へ舵を切ろうということで私たちふたりの意見は一致していた。なのにいま、まるで誰かが巻き戻しボタンを押したかのようだった。

フェーリクスは成功というトンネルにはまり込んだ。コンサートを宣伝するために毎日何時間も右翼のフォーラムに張りつき、Ｔシャツをつくり、チャットをし、仲間と電話で喋った。何もかも振り出しに戻ってしまったような気がした。さらに悪いことに、私たちの進む方向が違ってきた。フェーリクスはあまり私と口をきかなくなり、ついには重要なことさえ話さなくなった。私たちの人生は見通しが利かなくなり、脱退は考えられなくなった。

私は途方に暮れた。私たちはふたりで手に手を取って苦難を乗り越えてきた。私はいつも彼を支えてきた——彼が刑務所に入っていたときでさえ。けれどもいま私はミュージシャンとしてでもナチとしてでもなく、恋人、そしてひとりの男としてフェーリクスを必要としていた。フェーリクスは気がついていなかったと思うが、私からすればこのとき彼との関係は壊れかけていた。私は見殺しにされたような気がしていた。いくらナチから抜けたいと思ったところで、フェーリクスが彼らと親しくしようとしている以上、距離を置くことなどできない。

退屈しのぎに久しぶりに再び定例会へ行ったある晩、気の滅入るような出来事があった。そのとき私は、仲間と自分がいかに遠いところにいるかをはっきりと知ることになった。彼らではなく、私が変わったのであり、それは私の妊娠によってより強固なものになり、拍車がかかった。出来事自体はたいしたことではなかったのだが、私にとっては我慢の限界だった。

たまり場のギージングの飲み屋で久しぶりに仲間を見たとき、一瞬にして気がついた。何もかも元のままだ、何も変わっちゃいない。いつもと同じ人間がいつもと同じことを喋り、いつもと同じビールを流し込んでいる。

もちろんのこと、彼らはこの日の晩も殴り合いをする口実を見つけていた。今回はモヒカン刈りにしたネオナチだった。彼はほら吹きのチンピラで私の仲間、つまりギージングの「飲んだくれナチ」とたまたま出くわしたのだ。

その男が「俺は破壊分子だ」とうそぶいたことが、連中をひどく怒らせた。右翼がモヒカン？　許せねえ。パンク野郎のやるアタマじゃねえか。ふざけんのもほどほどにしろ。

はじめのうち、彼らはその男にしつこくからんでいた。それから誰かが殴りかかった。横にいた私は腹が立ったが、次第に気が滅入ってきた。髪型なんかで殴りあうほど、私たちは馬鹿になってしまったのだろうか。それとも、いままで私が気づかなかっただけなのか？

「やめなよ！」

私は男たちの間に飛び込んだ。「あんたらみんな、頭がおかしくなったんか？」

私は恥ずかしかったし、怒ってもいた。けれども誰も耳をかさず、今度は私に向かってきた。

「るっせえ！　邪魔すんな」

殴られなかったのは、私がフェーリクスの彼女だったからだ。

私は我を忘れた。政治を口にしているだけのこういう馬鹿な酔っ払いとはもう関わりたくなかった。ささいなことにいちいち難癖をつけて、攻撃し、暴力を振るおうとするやつら——吐き気がするほど嫌だった。実は私自身も危険にさらされていたことに気がついたのは、フェーリクスに事の顚末を話したときだった。

第一五章　最後の闘い

離ればなれになって

脱退しようにも、私たちには思い切って踏み出すだけの力がないだけでなく、この世界にあまりに深く関わりすぎてもいた。そこへある事件が起きたために、私たちはその力を得たのだった。それは二〇一〇年五月八日から九日にかけてのことだった。ミュンヘンの右翼勢力は当時ふたつの比較的大きなものと多数の小さな陣営とに分かれ、互いに争っていた。なかでも〈カメラートシャフト・ミュンヘン〉と「自治国家主義者・ミュンヘン」は激しく対立していた。双方が国家転覆を夢見ていたくせに、お互い潰しあう暇はたっぷりあったわけだ。片方がデモを計画すれば、もう片方が妨害する。その逆もまた。昨日今日に始まったことではなく、まったく興味はなかった。生涯の忠誠を絶えず口にしているくせに、団結や連帯はなく、かわりに嫉妬や虚栄ばかりが横行していた。

五月八日の午後、ミュンヘン中心部は異様な空気が張りつめていた。警察が右翼デモを解散させ、何人か連行した。あとで釈放されたが、そのなかには、フィリップ・

ハッセルバッハもいた。ハッセルバッハは、二〇〇五年にエッセンからミュンヘンに移り住み、「自由国家主義者・ミュンヘン」を立ち上げた。

ハッセルバッハはパッサウのブッセの葬儀で私たちがカメラマンを襲ったときにもいた。そしてヒーローになるべく、法廷でその罪を引き受けた。何かことが起きるといつもそこにいあわせたが、大抵は自分の手を汚さないように努めていた。こうして南ドイツのネオナチ幹部の中でも中心的な地位に登りつめた。パッサウの警官アロイス・マニフィルが二〇〇八年一二月一三日に家の前で刺されたとき、ハッセルバッハも容疑者のひとりだった。だが一晩留置場で過ごして聴取を受け、翌日解放された。マニフィルはその半年前にブッセの墓からハーケンクロイツの旗を押収した警官だ。この事件は未解決のまま、捜査が打ち切られた。

警官を刺したのがハッセルバッハだとは私も思っていない。けれども彼が何をしでかすかわからない人間だということは、これまでの経歴が示している。いずれにせよ、彼は傷害、民衆扇動、法廷における偽証については罪を認めた。私は彼が好きではなかったが、何か行事や催しがあるといつも顔を合わせた。そういう時には必ずきちんと髪を七三に分け、シャツとネクタイという格好だった。異常に功名心が強いネオナチで、外国人を排斥するため、あらゆるルートを用いて同志を動員していた。ホームページにこう記している。

「この国の外国人が多くなりすぎないうちに、多文化にならないうちに、食い止めよう」

五月八日の夜、フェーリクスはミュンヘンの近くでライブをしており、私はひとりで家でテレビを見ていた。そのとき携帯が鳴った。ハッセルバッハの元の彼女、シンディだった。特に親しくはなかったが、私は彼女が好きだった。小柄で、典型的な追っかけタイプといってよく、その愛すべき無邪気さはふたつのタイプの男を引きつけた。つまり、守ってやりたい男と支配したい男だ。右翼のようにふるまう若い女。だが、誰かの腕に抱かれると政治の事はまったく頭になくなる、そういう女だった。

「ハイディ？」シンディは叫んだ。

「そうだけど？」

シンディの声は甲高く、というより怯えていた。背後で音楽がガンガン鳴っているために、何を言ってるのかほとんどわからない。

「どこにいるの、ハイディ。自分ち？」

「どうしたの？」

「どうしよう、どうしよう……助けて！」

「どうしたのか、いいなよ。具合でも悪い？」

これまでにもシンディは何度も厄介な状況に引きずり込まれていた。けれどもこんなにパニックになったことはなかった。

「やつらが追ってくるんだよ。迎えに来て。いま、クンストパルクのクーシュタル」

それからまた音楽、話声、叫び声。

「どこにいるって？」

「クーシュタル。ハイディ、知ってるよね、東駅のこのディスコ。やつらが私を追ってくる。唾をかけられて、突き飛ばされた。目の周りにあざができてる、だから逃げてきたんだ。ここで閉じこもってる。やつらはたぶんまだテンプル・バーにいると思う」

「誰？　誰につき飛ばされたって？」

「フィリップとほかのやつら」

「ハッセルバッハ？」

「うん！　いまあたしトイレに閉じこもってる。来て！　みんなすぐそこまで来てる」

何があったんだろう。私は思った。デモが解散させられたあと、ハッセルバッハは仲間とそのまま歩いていたに違いない。そしていまクンストパルクで昔彼女だったシンディに出くわして、キレたってわけだ。そしていまシンディは携帯を持ってトイレにこもっている。やつらは外で待っている。命が危ないとは思わなかったが、怒りに任せてボコボコにするくらいはやりかねない。

シンディを助けたい。でもどうやって？　こっちは女ひとり。相手は乱暴者の集団だ。警察を呼ぶべきだろうか？

携帯に向かってどなった。

「五分待って。いまいるところから動くんじゃないよ」

私はフェーリクスに電話した。

＊＊＊

「やあ。どうした？」

呂律《ろれつ》が回らない。もちろんそうだろう。フェーリクスはへべれけだった。歌うとアドレナリンが全身に回る。だから終わるといつも浴びるように酒を飲むのだ。

私は手短に説明した。

「そこにいろ。俺たちがなんとかするから」

フェーリクスは大したことではないと思っているようだった。ライブに来ていた連中は知らん顔を決め込んだが、彼にとっては、端《はな》からほかの選択はなかった。無力な女が殴られるとわかったらほってはおけない。電話を切ったあと、どうなるだろうと心配でたまらなかった。酒を飲み、罵り合い、殴り合う——いままで数えきれないほど繰り返されてきたこういう夜。でも、もう嫌。私にはもはやなんの関心もないし、気力もない。

フェーリクスは仲間をひとり連れてクンストパルクへ向かった。これはいくつものクラブやバーがあるパーティのための大きな施設だ。フェーリクスが「テンプル・バー」に着いたとき、ハッセルバッハの一味から唾を吐きかけられた。けれどもまだ事態がエスカレートしないうちにガードマンに追い立てられ、全員外に出された。

もちろん通りで再び下卑た言葉を浴びせて罵り合った。ハッセルバッハがわめいた。

「このユダヤ野郎、くたばれ、ユダヤ野郎」

そう言いながら、ハッセルバッハはフェーリクスの頭にビール瓶を振り下ろした。瓶が砕け、フェーリクスの頭皮は裂けて、血が流れ、顔をつたった。すぐにパトカーのサイレンが聞こえてきたので、みな散り散りになって逃げた。

出血より痛みより大事なのは警察に捕まらないことだ。パトカーがタイヤを軋ませ、そのすぐ後に現場保存班が到着したときには、酔っ払った若者が数人、おろおろして突っ立っていただけだった。ミュンヘンでこんな激しい抗争にでくわすなんて、そうそうあることではないからだ。

＊＊＊

血まみれになりながら、フェーリクスは手近のタクシーめがけて走った。運よく乗せてもらうことができて大学病院の救急外来へ駆け込んだ。そこで頭から破片を抜き取り、傷を縫合してもらったあと、痛み止めを渡された。診断は、重症の頭部外傷。

何時間か経って、外が白んできたころ、突然フェーリクスは私の前に姿を現した。服を染めた血は乾いて固まっていた。靴も、ズボンも、Tシャツも、何もかもが血で汚れていた。あまりに血の臭いがひどいので吐きそうになった。私は彼を寝かせて、服を水につけ、残った破片をピンセットで抜いた。

突然玄関のチャイムが鳴った。

「開けるな！」フェーリクスがささやいた。「おまわりだ」

もう一度チャイムが鳴った。

それから足音が聞こえた。

警官が立ち去ったのだ。

警察はそれから何度もやってきたが、ドアを開けずにじっと息をひそめていると、やがていなくなった。数日後、私たちは姿をくらました。もともと追い立てを食っていた。一カ月分の家賃が未払いだったために、明け渡しの請求に悩まされ、絶えずストレスがあった——いまではないにしても、いつ逃げ出したらいいだろう？　結局家具はそのままにして身の回りのものをまとめてドアの鍵を閉め、ふたりでシンディのところに転がり込んだ。

いずれ警察に見つかるだろうと思っていたけれど、いまはそれは重要ではなかった。何の計画も見通しもなく、本能的に行動した。とにかくあの部屋にいるのはもう耐えられなかった、数日でいいから安全なところで暮らしたいという切羽詰まった気持ちだった。そしてしばらくのあいだ、本気で警察をまいた気になっていた。この先も追われるだろうこと、逮捕状があっさり消えたり、引き出しに入れられたきり忘れられたりすることはないとわかっていながらも考えないようにしていた。ほんのちょっとの時間と中休みがほしい。私たちが望んでいたのはそれだけだった。その先のことはみな、なるようにしかならない。

＊＊＊

警官が来るまで三週間あった。まだ夕方の早い時間だった。バルコニーでサングリアを飲んでいたとき、チャイムが鳴った。なんだか不吉な予感がした。シンディがドアを細く開けたとき、警官の手袋がドアを抑えたのが目に入った。それからは何もかもがあっという間の出来事だった。扉がぱっと開いたと思うと、腰の拳銃に手をかけたまま、警官がなだれ込んできて、たちまち辺りに散らばった。八人いた。フェーリクスはあわててクローゼットに隠れようとしたが時すでに遅く、抵抗する間もなく捕まってしまった。まるでドラマ『事件現場』の一場面のようだった。赤ちゃんは泣き叫び、シンディは思いつく限りの悪態をついていた。私はいったんはショックで呆然としたが、それから声のかぎりに警官を罵った。

フェーリクスは連行された。窓の外から見ていた私は辺りの道路が完全に封鎖されているのに気がついた。そこらじゅうでパトカーの回転灯がチカチカしている。まるでテロリストを捕まえたとでもいうようだった。それにしても、フェーリクスを捕まえるまでなぜ三週間もかかったのだろう？　理由はわからないが、奇妙なのはたしかだった。だからこそ、二年も経っていたにもかかわらず、週刊誌『シュピーゲル』に次のような記事が載ったのだろう（二〇一二年四月二日）。

以前のミュンヘンの極右の活動家でありシンガーソングライター、フェーリクス・ベネケンシュタインは言う――警察は私を逮捕することにそんなに興味はなかったはずだ。二〇一〇年、いくつかの拘禁命令が出された。そう、ベネケンシユタインに。彼は当時住民登録をした部屋で暮らしていた。だが警官が訪れたのはたった三回で、しかも午前中だった。ドアを開けないでいるとそのまま立ち去ったという。その後、彼はミュンヘンの知り合いのところに移った。けれどもほとんど毎週末、様々な集まりやデモに姿を現していた。そこには警察も憲法擁護庁の役人もいたにもかかわらず、放っておかれた。二〇一〇年の六月になって、公安の刑事がやってきたが、それは殴打事件の証人として証言させるためだった。

バイエルン州刑事局は、ベネケンシュタインに対する拘禁命令は当時派出所には知らされていなかったと言っている。「大した罪」ではなかったからだ。彼を捕まえる命令は、ただ近くの警察にしか届いていなかった。

＊＊＊

ハッセルバッハは傷害罪で一年八カ月の実刑判決を言い渡されたが、そのほかに侮辱罪、家宅侵入罪、器物損壊罪が加わり、結局三年半のあいだ刑に服した。再び自由の身になってからは精力的に活動に参加して、選挙戦のときにはネオナチのカール・リヒターを支援し、いかにも彼のやりそうなことだが、ヒトラーの生誕一二五年の誕生日に極右の小党、右翼党のミュンヘン支部を立ち上げた。

フェーリクスは、あのときの殴り合いではなく、ほかの不法行為によって有罪判決を言い渡された。これは無賃乗車をはじめとするこの数カ月間の未払い金に対する罰金刑で、罰金を払う代わりに実刑になったのだ。全部で五カ月間、つまり七月から一一月まで鉄格子の向こうで過ごすことになった。

このときいかに多くの仲間が連帯を示したか、それは驚くほどだった。カンパを集め、弁護士を紹介してくれ、テレビをくれたりした。再び私の心は揺れた——私たちは脱退しようとしている。刑を終えたら脱退しようと、今度ばかりはフェーリクスも固く約束してくれたのだ。それなのに、よりによっていま仲間の一番よい面を見るとは。あの怪物が再び戻ってきて、ぬるぬるした触手を伸ばそうとしているのだろうか？

フェーリクスは最初にシュターデルハイム刑務所に入り、それからニュルンベルクに移された。私はふたりの仲間と一緒に面会に行った。私とフェーリクスは個人的なことを話し合っただけだった。フェーリクスは尋ねた。

「犬、元気？　何か困っていることはないか？」

私はそれをよい兆候だと思ったが、当然ながら仲間は大いに不満だった。何日かしてそのうちのひとりがフェーリクス宛の手紙で書いてきた——お前らは感傷的な話ばかりして、重要な情報を交わそうとしなかった。団結し、戦線に復帰したあとの暮らしの手はずを整えるべきだ。まだ未払いはあるのか？　釈放されたらどこに住むのか？　そもそも今後の活動をどのようにやっていくつもりだ？　やるべきことも重要な目標もたくさんある。そのためには犠牲も払い、個人的な事も後回しにすべきだ。

フェーリクスは私に誓った。今度こそ腹をくくる、二度と仲間のところに戻ったりはしない。私にとってはつらい日々だった。フェーリクスが恋しくてたまらないだけでなく、シンディとの生活は絶えずごたごたしていて気持ちの休まる暇がなかった。一日中、赤ん坊が泣いているか犬が吠えていた。けれどもシンディが宿を提供する代わり、私は赤ちゃんの面倒を見るのを手伝うという取り決めをしており、ここにいるよりしかたなかった。

私には借金があり、相変わらず仕事のメドはつかず、いやそれどころかきちんとした住まいもなく、登録できる住所すらないのだ。だから生活保護などの社会福祉に頼れない。私がどこにいるのか誰も知らなかった、母や妹さえも。

仲間とはもう関わるまいと思っていても、絶えず彼らが私たちの重要な問題にからんでくるため、ことはやりやすくなるどころかいっそう面倒になった。だからこそ脱退するのは難しいのだ。何カ月、何年ものあいだ、自分の意志でやってきたのだから。

何年もかけて手に入れたアイデンティティがみな、一日にしてガラガラと崩れてしまうのだから——友人や知人、活動、集会所、習慣、それらすべてが。

人生の一部を葬りたければ、初めからやり直さなければならない。何年もナチたちと一緒にいると、いつの間にか知り合いはみなナチになり、抜けようとしても自動的に右翼のネットワークにつながってしまう。法廷に立たされれば、右翼の弁護士が来る、引っ越せばペンキ屋や電気工が来るし、ビールを一ケースもってきてくれる仲間もいる。みんな右翼だ。そういう助けを断ると、彼らはしつこくつきまとう。これは悪循環で、ここから抜け出すのはとても難しい。自分の半生と決別するのは容易なことではないのだ。ただ、ありがたいことに私にはシンディがいた。彼女はいつもばたばたと落ち着きのない人だったけれど誠実だった。

シンディからはいくつか教わったことがある。たとえばお金を払わないで買い物する方法。初めて聞いたとき思わずぞっとした。私は泥棒じゃない、けれども一度シンディのやるところを見てからはためらいがなくなった。父のことを思い出さずにはいられなかった。「どっちにしろお前はろくなものにならん」といつも言っていた父を。結局父が正しかったのだろうか？　私はやっぱり休暇村に残るべきだったのか？　恋人は刑務所に入り、私は洗剤を盗んでいるていたらくなのだから——こんな気持ちを私は必死で払いのけた。私のしていることを知ったらどんなにか心を痛めるであろう母や祖父母に対する疚《やま》しさも。

ほとんど毎日フェーリクスに手紙を書いた。寂しくて仕方がなかったし、脱退する約束を忘れないでいてもらいたかったからだ。仲間が支援してくれるのはうれしい。けれどもそれが元の世界に戻ることであってはならない。それから、フェーリクスが喜ぶたったひとつのものが私からの手紙だということを知っていたこともあった。『アルカトラズからの脱出』という刑務所を舞台にした映画を見たことがあった。フェーリクスのいるところがアルカトラズ島ではないにしても、刑務所での毎日がどれほど侘しいものかは想像がついた。

一日は一週間、一週間は一カ月のように感じた。私の手紙はどんどん長くなった。三枚、四枚、五枚。私を理解してくれる人はフェーリクスしかいなかった。それなのに、彼の返事は翌日、あるいはその次の日には来なかった。そうすると私は心配で悲しくてたまらず、彼に会いたくて身も世もない思いだった。

私たちが交わしあった手紙はすべて保管していた。この本のためにもう一度読み返したとき、なんだかとても奇妙な感じだった。あれからたった二、三年しか経っていないというのに、私の文章はとても未熟で子どもっぽい。まるで誰かほかの人が書いたように思えた。

思えば、何もかもあまりに馬鹿げていた——フェーリクスは刑務所にいる。彼を殴ったハッセルバッハも。なのに私が一緒に暮らしているのは、ハッセルバッハの娘とその母親のシンディだなんて……。

合間には、彼が出てきたらしなければならないことについて考えていた。新しい住まいを探そう。学校の卒業資格や資格を取るための勉強もしなければ。たくさん書類が来るだろう。宣伝も、申告書類も、申し込み用紙も。けれどもすべて仲間の助けなしでやる。私たちは誓い合った——もう活動もしないし、デモもしない。八月、私は書いた。

ただもう泣き出したい！　この一年半でこんなに長く離れ離れだったこと、ないよね。どうしてほかのみんなみたいに幸せになれないんだろう？　幸せになるためにがんばんなくちゃって気持ち、あたしにはもうない。だって、ほかの人は苦労せずに幸せになってるじゃん。なぜあたしたちは、平凡に暮らすことさえできないんだよ？　週に一度、一時間面会できたからといって、それがいったいなんだっていうんだよ。

刑期をできるだけ早く終えるように、私はフェーリクスを励ました。でも、いつも彼はあと一週間いなければならないことになった。それが過ぎるともう一週間。そうやって八月になり、九月になり、一〇月になった。

＊＊＊

「サツには喋らない。もちろん公安には」これが極右社会のルールだ。法廷でハッセルバッハに不利な証言をしたとき、フェーリクスが侵したのはまさにこのルールだった。それは裁判の役に立った。さて、そうなると事態は非常に厳しくなる、いやそれどころか危険になるかもしれない。けれどもフェーリクスは支援組織「ＥＸＩＴ」の支援を受けて、脱退する決心をしたのだった。私はそんな彼が誇らしかった。

　ハッセルバッハに不利な証言をしてからというもの、フェーリクスはドイツ中の右翼に知られることになった。翌日にはもう彼は、そして私も「好ましくない人物《ペルソナ・ノン・グラータ》」となった。私たちに敵対するために仲間が動員された。そのときのフォーラムの書き込みはいまでも読むことができる。たとえば、

　フレックス（フェーリクスの芸名）はもうどこにもいない。シアチフォーラムにもだ。以前は昼も夜もへばりついていたくせに。三月を最後に書き込みがない。あれ以来、「いけてるフレックス」はまったくよりつかなくなった。

なぜか？

フレックスは裏切り者だ！　フレックスに対して断固たる一線を画すよう、我々はすべてのナショナリストに要求する。我々が必要としているのは自由なドイツであって、自由な密告者ではない！　フレックスは我々の運動を傷つけた。ベネケンシュタインをボイコットせよ！　やつのCDをボイコットせよ！　もしやつを見かけたら、裏切り者がどういう目に遭うかを教えてやれ！　ベネケンシュタインの正確な居場所を知っているものは**公開せよ**！　Eメールアドレスはいらない、必要なのは行動だ。フェーリクス・ベネケンシュタインがふらりと姿を現したら、目にもの見せてやれ！

「フェーリクス・ベネケンシュタインはバイエルンの某所で暮らしている」

ウィキペディアはこの一文で終わっている。

＊＊＊

二〇一〇年一〇月、フェーリクスが釈放されるとすぐ、私たちは行動を開始した。

失業給付金の申請をして、部屋を探した。フェーリクスは義務教育を終え、私は中等教育修了資格を取った。そして保育士の専門学校に応募したところ、自分でも驚いたことに合格した。仲間には嘘をついた。というのは、いろいろあったにもかかわらずフェーリクスが再び自由の身になったことを喜ぶ向きがいまだにいたからだ。

毎日新たな言い訳を考えだすのは気持ちのいいものではなかった。電話やＳＭＳを無視することも。けれどもそうするしかなかった。脱退するといって彼らと向き合えば大騒ぎになり、私たちの手に負えないくらい危険なことになる恐れがあった。いや、爆弾を落とす前に、まず自分たちの生活を整え、準備し、安全なところに避難している必要がある。

私たちは潜伏し、おとなしくしていた。そしてたまたま仲間に会ったときには、フェーリクスは空港で実習を始めたのでしばらくの間は何ひとつ勝手なことはできないと説明した。神経を張りつめて絶えず用心してはいたが、私の人生は久方ぶりに軌道に乗ったように思えた。

右翼の連中は絶えず周りに言い聞かせようとする――職業や卒業免状なんか大事じゃない、自分が成功することよりもっと大事なことがある、大義のために犠牲を払わねばならない……。だから多くの右翼の若者が、教育を受けるのをおろそかにし、その結果本当に挫折してしまうのだ。個人にとっては失敗でも、運動にとっては役に立つ。というのは、社会からドロップアウトしてしまった彼らは、不満のために右翼の世界にいっそうしがみつくからだ。彼らは自分の失敗や見込みのない状況を、自分や周りの人間ではなく、体制や自分たちに何の関心も持たない特権階級のせいにしようとする。

実際はまさにその反対だ。二度、三度と挑戦した結果、ようやく望んだものを手に入れたいまの私にはわかる。もちろんうまくいくとは限らないし、落ちぶれない保証もない。右翼の世界から一歩出れば外の人生は険しく、しかも必ずしも公平というわけでもない。にもかかわらず、自分をもっと成長させ、やりそこねたものを取り戻すチャンスは無数にある。

チャンスは向こうからトントンとドアをたたいてはくれない、携帯を鳴らしてもくれない。自分でつかむしかないのだ。情報を集め、努力するしかないのだ。それがわかったとき、いろいろなことがうまくいくようになった。何年間もけりのつかなかったことが解決した。プラスの螺旋《らせん》が始まったのだ。一番大切なのは、心の底から望むことだと思う。

いまではもう保育園の仕事も四年になる。仕事はとても楽しい。毎朝私の子どもたちの顔を見るのが楽しみだ。仕事は変化に富んでいて興味深い。愉快なことも多いし、毎日新たに学ぶことがある。右翼の社会で聞かされることは間違っている。この社会では誰もが貪欲でエゴイストで、心の内を見せないなどということはない。職場で私は大勢の親切な同僚や両親と知り合った。それぞれ全く異なった背景や階層の魅力的な人たちだ。

第一六章　ネオナチの行き着く先は……

国家社会主義地下組織による犯罪

二〇一一年一一月、一枚の写真が世界を駆け巡った。あらゆる新聞、テレビニュース、インターネットフォーラムでも見られたそれは、ツヴィッカウの黄色い家の写真で、半分焼け落ちて小屋組みがあらわになり、いたるところに木材と瓦礫《がれき》が散乱していた。激しい爆発のあとだった。

その前に連邦共和国の歴史の中でも極めて凶悪なふたりのテロリストの遺体が焼け落ちたキャンピングカーで発見されていた。ネオナチのウーヴェ・ムントロースとウーヴェ・ベーンハルトのふたりだった。どうやらふたりはアイゼナハで銀行を襲ったあと警察に発見され、自決したようだった。何が起きたのか、すべてが解明されたわけではないが、ベーンハルトを射殺したあと、ムントロースがキャンピングカーに火をつけて自決したものと考えられている。

当初は単なるローカルな事件、事故あるいは男女関係のもつれかと思われたが、まもなく大騒ぎになった。四日後、三人目のテロリストがイエーナ警察に出頭するに及んで、騒ぎはますます大きくなった。ベアーテ・チェーペ。薄い唇をして眼鏡をかけた青白い三六歳の女だ。ふたりの同志を失ったあと——チェーペは親しみを込めて「ウーヴェたち」と呼んでいたが——ツヴィッカウのフリューリング通りにあるこの家に火をつけてから、気力と金がなくなるまで列車で北ドイツをあちこちさまよっていた。これが国家社会主義地下組織の最期だった。

その後、次々と詳細が明らかになった。テロ・トリオの支援者が逮捕され、その中にはラルフ・ヴォールレーベンもいた。罪状は、金銭および逃亡に関してこの三人を支援したというものだ。さらに武器と爆薬も調達したという。この信じられないような事件との関連でヴォールレーベンの名を耳にしたとき、身体中が震えた。それほどの大きなショックだった。思えば私はこのテロ組織のきわめて近くにいたのだ。

それは、長年私が忠節を誓っていたイデオロギーの行き着く先が、動かぬ現実となった瞬間だった。つまりそれは、自由ではなく、悲しみとテロ、そして死へとつながるのだ。

ナチズムと民族主義的なイデオロギーに対する熱狂的な信頼を、私は一度も戦略として用いたことはない。私にとって常にそれは、幼稚な挑発以上のもの、大切なものだった。それだけにその名のもとに罪のない人々が殺されたショックはいっそう大きかった。人が死ぬことを私はけっして望まなかったし、よしともしなかった。誓って言うが、この事件は私の想像力を超えていた。

保育園で子どもたちと一緒に朝の集会をしているとき、私は自分の人生の極めて重要な場面を心の中で思い返していた。

テントの中で泣いている私。朝の体操で凍えている私。ダッハウの記念館。フリートヘルム・ブッセの墓。国家民主党の選挙スタンド。イエーナの褐色の家。仲間たちの顔が次々と脳裏をよぎる。出会い、会話、コンサート。いつまでも執拗に焚き火に薪を投げ込んでいたラルフ・ヴォールレーベンの顔も。あの同じ日にムントロースやベーンハルトに電話をしたかもしれないのだ。彼は何を知っていたのだろう？

カール＝ハインツ・シュタッツベルガーのことを考える。いつも感じのいい人だと思っていた。ほかの連中より正直で親しみやすかった。だが考えてみれば、シュタッツベルガーは四年間も刑務所にいたのだ。なぜ私は怯えなかったのだろう？　なぜそのことを考えようとしなかったのか。いや、それどころか、心のどこかでそれをカッコいいと思っていたのではなかったろうか？

私に武器を見せびらかしていた仲間のことを思う。バット、星型手裏剣、バタフライナイフ、なんでもあった。ピストルや小銃を持っていると言っていたのもいた。こういう話をいつも私は単なるお喋りだと思っていた。あの中に人を殺せる人間がいると思ったことは一度もない。

なぜ私はああいう話を軽く考えていたのだろう？　なぜショックを受けたり、不愉快に思ったりしなかったのか？　この本を書こうと決心したのはこのときだった。すべてをありのままに記そう。そして繰り返し私を苦しめ続けるさまざまな思いにけりをつけよう。

国家社会主義地下組織は今日までメディアや世間を騒がせている。一三年ものあいだ、彼らは発見されずに地下に潜り、残酷な血痕をドイツ中に残していた。それを思うと、いまでも国家機構のすべてが無力だったかのような気がしてしまう——警察、公安、憲法擁護庁、メディア、社会、そのすべてが。

三人のテロリストの摘発はドイツ連邦共和国における歴史的なエポックだった。私は「ドイツ赤軍派」と一九七七年の「ドイツの秋」を思いださずにはいられなかった。当時のテロは左翼、今回は右翼という違いはあるが、残酷で無慈悲な点では変わらない。ムントロースにもベーンハルトにもチェーペにも会ったことはない。けれども大袈裟ではなく、自分が彼らのごく近くにいたと思うとぞっとする。彼ら三人はイエーナのネオナチグループの出身だ。褐色の家に滞在していた可能性は大いにある。『シュピーゲル』は、テロリストグループが発見されたことは連邦共和国をショック状態に陥れたと書いた。実際、彼らの犯行は言いようもなく恐ろしい。九九年、ニュルンベルクの爆弾テロ、二〇〇〇年から二〇〇六年にかけての連続殺人。トルコ系ドイツ人が八人、ギリシア系ドイツ人がひとり犠牲になった。二〇〇一年、ケルンの爆弾テロ、二〇〇四年ケルンの釘爆弾テロ、二〇〇七年、ハイルブロンの警官殺し。そのほか数多くの銀行強盗。

二〇一一年七月、連邦内務大臣ハンス＝ペーター・フリードリヒは、ノルウェーのウトヤ島で連続テロ事件が起きたとき、ドイツには極右テロの直接的な脅威はないと言ったが、彼は誤っていた。

二〇一三年五月からミュンヘンで国家社会主義地下組織の裁判が行われている。被告席に座っているのは、ベアーテ・チェーペほか四人。その中にラルフ・ヴォールレーベンもいる。チェーペの罪状は、一〇人の殺害、三回の爆破テロ、一五回の銀行強盗、さらに放火に関与したと言うものだ。

この悪魔のような女はめかしこんでいた——大衆紙『ビルト』の見出しだ。ハンナ・アーレントの言う「悪の凡庸さ」に関する議論が、再び新聞の学芸欄を賑わせた。この目立たない女と残虐な犯行との関連が、記者たちにとっていかに不可解なことだったかがわかる。チェーペは三一二日の間黙秘し、弁護士を通じて「私は彼らふたりの心理的な囚人だった」と言ったあと、二〇一六年の秋に初めて口を開いた。

私はもう右翼団体から離脱しました。いまでは人々をその出自や政治的な立場によって判断したりはしません。そうではなく行動で判断します。

まるで改心したかのような印象を与える発言だが、チェーペを四年間診てきた心理学者は大きな疑念を抱いている。

この裁判は統一後のドイツにおける最大の刑事訴訟となった（二〇一八年七月一一日、ミュンヘン上級地方裁判所はチェーペに終身刑を言い渡した）。

第一七章　ついに脱退へ

逃がさねえぞ！

しばらくすると、私たちはもはやナチでないというだけでは飽きたらなくなった。その先を望んだ。つまり、人の役に立ちたい、償いたいと思ったのだ。デリバリーのピザを取り、テレビを見る生活に別れをつげて、自分たちが犯したことの償いをしたい、少なくともそのための努力をしようと思った。脱退するときにとても苦労し、何度も失敗してやり直した私たちは、誰よりもその難しさや問題点を知っていると考えた。だからこそ、脱退したいと望むネオナチの力になれると思ったのだ。

この世界は一度つかんだ人間を離さない。いったん加わってしまったら、もう無関心ではいられない。ほどほどの生き方を許さないのだ。最初にこれを口にしたのはフエーリクスだった――俺たちの経験を活かして脱退しようとするやつの手助けをしよう。

数カ月後、私たちはネオナチ脱退者の支援組織「ＥＸＩＴ」と一緒にバイエルンの脱退サポートを立ち上げた。正式には、ネオナチの思想克服と寛大な社会促進のために――脱退者支援団体・バイエルン。

二〇一二年三月、記者会見を開いた。その前後は神経を使った。わかっていることがひとつだけあった――仲間のたったひとりでもこのことを耳にしたら最後、全員に知れてしまう。その瞬間から私たちは追われる身になる。右翼というものが裏切り者に対してどんな仕打ちをするかわかっている以上、危険を覚悟しなければならない。したたかに殴られるなどはまだいいほうで、場合によっては本当に危険なことになりかねない。それでも私たちの決意は変わらなかった。いざ始めてみると、フェーリクスは面倒な書類手続きにいらいらしたし、やることはうんざりするほどたくさんあった。調整し、よく考えて手はずを整えなければならない。けれども最終的には、そのための十分な支援者を得ることができた。

記者会見の前日、フェーリクスは仲間のひとりと落ち合い、脱退について話した。私たちはすべてを掌中に収めていたかった。こちらのペースで事を運びたかったのだ。二時間後、このニュースはドイツ中の右翼のフォーラムに拡散した。

「シンガーソングライターのフレックスとやつの彼女はついに脱退した。それだけじゃない、やつらは向こう側についた」

たちまち私たちは、敵に、つまりどんな目に遭わせてもいい存在になった。

記者会見はミュンヘンのファイヤーベルクホールで開かれた。当日、ホールに着くまで私たちは不安だった。私たちふたりしかいなかったらどうしよう。けれどもそれは杞憂に終わった。あらゆるメディアから記者がやってきた、『ビルト』に始まり、『シュテルン』『シュピーゲル』、『南ドイツ新聞』、さらにドイツ第一テレビまで。

フェーリクスが演壇に上がって私たちの援助組織について発表した。私は表に出なかった。あいにく上顎《うわあご》が炎症をおこしていたこともあるが、もともと注目されるのが苦手なのだ。それでも裏方としてフェーリクスを精いっぱい支えたかった。

彼はすべて見事にこなした。話もとてもわかりやすく、自分たちの団体についてもきちんと説明した。できることは、脱退の実際的な援助、重要な連絡、質問に答えること。できないことは、経済的な支援、社会保障の提供、刑法上の訴追から守ること。

その後しばらくのあいだは警察が保護してくれた。警察はミュンヘンとその近郊にいる暴力的なネオナチを片端から訪問して話をした。これは警告の意味もあるが、むしろ改心させるために警察が行っている活動だ。

「お前らが誰に腹を立てているのかわかっている。だがな、お前らの名前も住所も雇い主も前科もすべて承知している。だからよく考えておとなしくしていろ。もし今後何カ月かのあいだにフェーリクス・ベネケンシュタインとハイドルーン・レーデカーに何かあったら、犯人はすぐにわかるんだからな」

奇妙なことに私はかなりリラックスしていた。「EXIT」がデータを封鎖してくれたので、誰にも私たちの居所を知られなかったこともある。

何カ月か経ったあと、再び右翼のデモに出かけた。ただし今度は一緒にデモをするためではなく、公安やアンチファ、物見高い見物客などに混じって、デモの様子を記録するためだった。取材許可証をもらって写真を撮り、気づいたことや会話、新顔などを書きとめた。不安にかられている人たちを助けるためには、いま右翼グループで何が起きているのか知っておく必要がある。

指示系統はどんなふうに変わったのか？　内部抗争はあったのか？　誰がほかの街へ移り、誰が加わったのか。指導グループにいるのは誰か？　対立しているのは？　のけ者にされ、差別され、ひょっとすると私たちから話しかけられるのを待っているのは誰か？

もちろん私たちのこの行動は火に油を注ぐことになった。そうでなくてもピリピリしていた空気がさらに険しくなった。私たちは罵られ、唾を吐きかけられ、脅された。けれども、どんなことがあっても堂々と昔の仲間に立ち向かいたかった。そしてこう言いたかった。

ほらね、みんな。ナチの泥沼からだってこうやってちゃんと抜け出せるんだよ。あんたらが信じようと信じまいと、あたしたちの新しい人生は前よりずっと幸せで、まともで、なにより生きがいがあるよ。しかも、楽しいんだよ。

私はいまでもときどきこうのとりのイラストとシュトルヒ・ハイナーの文字がプリントされたTシャツを着ている。シュトルヒ・ハイナーとは、ネオナチの好きなブランド、トア・シュタイナーをもじって名づけられた架空の人物で、反右翼キャンペーンのシンボルだ。

当時私たちがどれくらい危険な状態にいたのかはわからない。けれどもネオナチの人間の多くが浮足立っているのは感じていた。毎日ヘイトメールが送られてきたし、真夜中に電話がかかってきた。ネットのフォーラムでは、私たちに敵対行為をするように動員がかけられた。家の近くの駅の壁に、大きなハーケンクロイツが描かれ、その下に「逃がさねえぞ！」と大きく書かれていたこともある。

繰り返し何度も不愉快な出来事に見舞われた。電車の中でフェーリクスが数人のナチに取り囲まれたときは、乗客がみな降ろされ、避難させられた。ビール瓶を投げつけられたこともある。だが幸いなことに一度も大事にはいたらなかった。おそらく私たちの背後に警察と盗聴システムの存在を感じて、あまり手荒なことはできなかったのだろう。

二〇一五年以降、「脱退者支援団体・バイエルン」は「EXIT」の傘下に入ったが、独立性は保たれている。私は保育士の仕事に専念するために退いた。それでもなお、街を歩くときには気をつけている。いまでは自分を守る術をいくつか身につけた。地下鉄に乗るときにも、あらかじめ車内を調べることにしている。

フェーリクスはいまでも専任で活動しており、ドイツじゅうの青少年センターや学校で講演している。彼は信頼できる人なので評判がよいと私は思う。ごく普通のギムナジウムの生徒がいかに簡単に右翼の乱暴者になってしまうのか、彼は身をもって知っている。若い子たちはフェーリクスの話を聞き、質問し、信頼してくれる。

戦争も知らず、平和だけを経験してきた少年、世界でもとりわけ裕福な国で育った一三歳の少年が、一体どうやって民主主義に敵対する闘争に身を捧げるなどということになってしまったのだろう?

フェーリクスはこの問いを追求し、その答えを探し、若者に語りかけて勇気づける。そして彼らと議論し、励ます。急行列車で行くときには注意を怠らない。ロストックであろうとデュースブルクやニュルンベルクであろうと、顔が知られているからだ。フェーリクスに腹を立てている人間は大勢いる。フェーリクスとその音楽が好きだったからこそ、彼らの憎しみもまた激しい。多くの場合、憎しみは愛から、暴力は失望から生まれるからだ。

第一八章　そしていま
愛する家族とともに

どこを見ても人々の間の信頼感が薄れ、苦労して手に入れたものや、これまでたしかだと思っていたものがボロボロになっている。

こんなふうに言う人は多い――何もかも難民が入ってきたことで始まった。アンゲラ・メルケルはあんなに簡単に彼らを迎え入れるべきではなかったのだ、と。私はそうは思わない。けれどもまたメルケルが全面的に正しかったとも思わない。両方とも危険ではないだろうか。「どうぞ、どうぞ」の理想主義も、見境もなくヒステリックに外国人に対して敵対することも。正しいあり方はその真ん中にある。なんであれ、けっこうずくめのこともなければ、何もかもが徹底的に悪いということもないのだ。もしすべてが問題なく、もっとよくなるようにと願うならば、私たちはそのために何かしなければならないと思う。

信用できないメディア、ポスト真実の時代、フィルターバブル――メディアとその社会的な影響について盛んに議論されるようになってからというもの、私は用心深くなった。ネットにはフェイクニュースが溢れていて、GoogleやFacebookによって嘘やプロパガンダが真面目なニュースと同等に扱われている。ずっと前から、ニュースのポータルサイトにとって大事なのは、質ではなく、クリックされた数になっている。それらが生産しているのは、情報ではなく、むろん知識でもなく、ただできるだけ多くの人々に売りたいコンテンツだ。さまざまな情報が飛び交えば飛び交うほど、その分私は慎重にそして緻密になる。私はそれらを読み、じっくり考え、ようやく語るべきものにたどり着く。

右翼勢力についての報道はとくに注意深く聞く。長いあいだそこにいたので知らん顔はできない。二〇年近くのあいだ、根本的に間違った考えを抱いていたので、これ以上の過ちは犯したくない。二〇年近くも歪んだ世界像を正しいと思い、一方的な情報だけを受け取っていた。もともと信じていたもの、つまり右翼のフォーラムやブログ、同じ陣営のジャーナリストの書いたものだけを読んでいた。そのほかはすべて目を向けようとしなかった。たとえ読むことがあったとしても、それはもっとうまく否定するためだった。いまの私はすべてをもう一度新たに、違った視点で捉えることができる。

よく人から尋ねられる。ネオナチだった自分について一番後悔しているのはどんなことか、と。どんな行為、どんな言葉、あるいはどんな考えを恥じているかと。難しい質問だ。正直に言うと、いまにいたるまで私が思うのは、私のしたこと、言ったこと、考えていたことの中で恥じないでいられるものなどあったろうかということなのだから。

私は強いと思っていたが弱かった。勇敢だと思っていたが意気地なしだった。成熟していると思っていたが未熟だった。自由だと感じていたが、囚われていた。正しいと思っていたが間違っていた。それも、救いようのないほど間違っていた。きちんと職務を果たしていただけの人々に対して、私がどれほどひどい態度をとったかを思うと、穴があったら入りたいような気持ちだ。

二年前、私の記事が『ツァイト』紙に載った。その日からしばらくのあいだたくさんの反響があった。興味深かったのは右翼の連中からはただのひとつもなかったことだ。彼らが私を忘れたとは思わない。けれども私とはもう関わることをやめたのだろう。彼らから見れば私はいまだに憎むべき裏切り者に違いない。けれども彼らは遠くから私を軽蔑するか、あるいは無視することにしたのだろう。私が自分をそこそこの存在だったと思わないように。

「昨日新聞で見たよ」ある日、保育園でニーナが言った。「犬と一緒に写ってた」。ニーナは『ツァイト』の記事を見たに違いない。不愉快なことになるといけないと思い、私はすぐにニーナの両親と話をした。けれども私の心配は無用だった。ニーナのママは言った。

「記事、読んだわ。でも気にしないで。たしかに私たちは驚いた。でもそれはあなたにじゃない、あなたが潜り抜けてきたことに対してなの」

二〇一六年、外国人に対する暴力の数は前年の倍になった。最初の九カ月だけでも一八〇〇以上の亡命希望者や難民に対する政治にからんだ違反行為があった。二〇一五年の一〇月には、ネオナチが八人でミュンヘン近くのエーバースベルク駅でケバブスタンドの主人を襲った。襲われたのは、四一歳のアフガニスタン人で、負傷して病院へ運ばれた。

とはいえ、右翼の暴力は集団現象とは限らない。単独犯もいる。孤独な狂信者、傷ついたナルシスト、そしてノルウェーのアンネシュ・ブレイビクのように何年もかけて次第に狂気を募らせていった男も。彼は二〇一一年七月二二日にオスロとウトヤ島で七七人を殺した。右翼ポピュリズム政党の党員で、極右のサイトで文書を公開していた。大量殺戮の動機として彼は言った。ノルウェーを、イスラムや文化マルキシズム、多文化主義から守ろうとした……。どこかで聞いたような話だ。

彼は法廷で誇らしげに言った。

「私はよくよく考え抜いて、第二次世界大戦以降ヨーロッパでは破格にセンセーショナルな政治的なテロを実行してみせたんです」

事件の犠牲者と家族に関するドキュメンタリーが放映されたとき、見ていてつらかったが、こらえて最後まで見た。私が受けた衝撃がほかの人より大きかったのかどうか、それはわからない。思うに私は人とは違う衝撃の受け方をしたのだと思う。

どの政党に属しているかに関係なく、好きな政治家はいる。たとえばアンゲラ・メルケル。彼女には事態をきちんと収拾する手腕がある。それからマヌエラ・シュヴェーズィヒ。家族相として立派に務めを果たしている(二〇一八年現在、メクレンブルク=フォアポンメルン州首相)。家族政策、子どもの教育、仕事と家庭の両立——これらのテーマはいまも私の興味の対象だ。元の連邦首相、シュレーダーは「ばか騒ぎ」といったが、私にとってそれらは近代的で対等な公正な社会の中核であり、基本だと思う。

だから私は保育士という仕事がとても好きだ。特にどこが気にいっているかを言うのは難しい。教育や遊び、心理学的な要素、それぞれがお互いに不可分に繋がっているからだ。退屈する暇はない。毎日何かが起きる、子どもたちは変わり、成長し、性格や能力が形づくられていく。私は手を出さずにそばで観察し、必要とあらば訂正する。この子たちの始まったばかりの人生を共に歩んでいければと思う。一人前の人間になるために子どもたちが必要としているものを与えられるように願っている。

私の人生は以前より自由になった。相手の出身などもう問題ではない。喋りたい人と喋ることができる。自分が好きだと思えば、その人を好きになれる。いまの私は何が幸せであるかを知っている。そしてその幸せを見つけるためには誰もがそれなりの努力をしなければならないことも。

失敗しても二度とそれを他人のせいにはしない。二度と他人の幸せを妬み、本来ならそれは私に来るはずだったとは思わない。あらゆるルサンチマンと、自分とは違う考え方をする人に対する憎しみから解放された。私は自分の人生と与えられたチャンスに感謝している。

二〇一四年、フェーリクスと私は結婚した。大きなパーティはせず、彼の両親、叔父、叔母、いとこたちとささやかに祝った。フェーリクスは約束をすべて守っている。一緒にいればいるほど、私は彼が好きになる。二〇一六年の夏、産婦人科に行った。

「おめでとう、赤ちゃんですよ」

医師は言った。幸いなことに何も問題はなかった。私たちはいま、小さな家族、それも幸せな家族なのだ。

年表	ハイディ	ドイツ国内	ヨーロッパ
1989		ベルリンの壁崩壊	
1990		東西ドイツ統一 ドイツ愛国青年団発足	
1991			ソ連崩壊
1992	ミュンヘン郊外で四人姉妹の三女として生まれる	ロストック放火事件	
1993			欧州連合（EU）発足
1997	ドイツ愛国青年団キャンプに初めて参加する		
1998		ゲアハルト・シュレーダー政権誕生	コソボ紛争（～1999）
1999	父親がザクセンに休暇村をつくることを決める	旧東独地域の失業率、2旧西独地域の倍に	
2000	初めてポーランドのキャンプへ		
2001	両親が離婚。その後、母と父のところを行ったり来たりして暮らすようになる		
2002			ユーロ、法定通貨に
2004	『みんなの家』を読み、初めて自分の家庭に疑問を抱く	新移民法成立、翌年施行	マドリード列車爆破テロ事件
2005		アンゲラ・メルケル政権誕生	ロンドン同時爆破事件

	ハイディ	ドイツ国内	ヨーロッパ
２００６	国家民主青年団に入る。国家民主党の集会に初めて参加、のちに夫となるフェーリクス・ベネケンシュタインと知り合う。その後エルディングでフェーリクスとともにネオナチの活動に参加する	ＦＩＦＡワールドカップ開催	
２００７	母の住むパッサウへ。ホテルスタッフの資格を取るための専門学校へ通い、ホテルで実習生として働く 4月：国家民主党のパッサウ支部に所属し、選挙活動に参加 10月：生家へ荷物を取りに行く。これが父と会った最後になる	非正規労働者数が７６８万人となり、全雇用労働者３０１８万人の25・5％に達する	世界金融危機
２００８	7月：古参のナチ、ブッセの葬式。傷害事件を起こす 夏：フェーリクスと恋人同士になる。このころ、ホテルを解雇される 秋：フェーリクスが６週間刑務所へ	連邦政府、外国人専門職の受け入れ制限を緩和	
２００９	ミュンヘンへ移ってフェーリクスと同居をはじめる 春：妊娠するが流産。初めて脱退を意識する	ドイツ愛国青年団、活動禁止に	リスボン条約発効

2010	6月：フェーリクスが逮捕され、5カ月間刑務所へ 10月：脱退支援組織「EXIT」の支援を得て脱退へと動き出す	18年ぶりに失業率が7・6%を下回る	ギリシャの経済状況悪化が表面化
2011		国家社会主義地下組織による連続殺人が発覚	ノルウェー連続テロ事件
2012	保育士の専門学校に入学	移民数、96年以来最多の95・8万人に	
2014	フェーリクスと結婚。保育士として働き始める	国家民主党、欧州議会で1議席獲得	
2015	フェーリクスは支援団体での活動を続け、ハイディは保育士に専念する	連邦政府、移民・難民の受け入れを決定 ケルン大晦日集団性暴行事件	パリ同時多発テロ事件
2016		ミュンヘン銃撃事件	イギリスでEU離脱の是非を問う国民投票
2017	本書を出版	極右政党（「ドイツのための選択肢」）が戦後初めて連邦議会に進出する。 連邦政府、移民・難民の受け入れ抑制を決定	ロンドンテロ事件

訳者あとがき

一八歳まで私はナチだった――ハイディ・ベネケンシュタインのこの言葉に読者は首を傾げられたのではないだろうか？　ナチ？　ネオナチではなく、と。正直、訳者もはじめはそう思った。けれども、彼女は〈正統派のナチ〉だったのだ。

本書は、ミュンヘン近郊の右翼家庭に生まれ、物心もつかないうちから徹底的な思想教育を施されたひとりの若い女性が、やがて自らのありように疑問を抱いて、右翼社会から脱退するまでの波乱に満ちた日々を綴ったものである。

税関の役人だった父親はヒトラーを崇拝しており、地下室の本棚にはナチス関連の書物がずらりと並んでいた。髪はお下げ、服は民族衣装が原則で、英語はむろんのこと、「敵国」アメリカの製品だという理由でマクドナルドからコーラ、ジーンズに至るまで禁止されていた。親族はもちろん、付き合いのある人たちはことごとくナチズムの信奉者だった。

五歳になると、ヒトラー・ユーゲントの再現を目指すドイツ愛国青年団の秘密キャンプに送られた。毎年何度も開かれるこのキャンプには総統のシェルターと名付けられたテントがあり、子どもたちは、ＳＳ（親衛隊）の歌を歌い、人種学を教わり、準軍事訓練を受けていた。つまり、「政権奪取の暁には第四帝国のリーダーとなるべく、システマティックに教育されていた」のである。

なんと時代錯誤な……。だが、時代錯誤であろうとなかろうと、これはまぎれもない事実なのだ。ハイディにとって、ナチとして生きることはこの上なく自然なことだった。彼女は言う。

私はただ目の前の道を歩いて行っただけ——その道が右へと曲がっていた。

権威主義的な父親に苦しめられながらも、ハイディは幼い頃から刷り込まれたイデオロギーから逃れることができなかった。しかしそんな彼女にもやがてかすかな変化が訪れる。同じくナチのフェーリクスと愛し合うようになってから、それまでの自分の人生に対して疑問を感じ始めるのだ。それはフェーリクスも同じだった。妊娠するに及んで（このときは結局流産してしまうが）それは決定的なものとなる。彼女は言う。

娘から母になったその瞬間、ナチのイデオロギーはその魅力を完全に失った。世界観、友人、過去――そう、自分の全人生に私は疑いの目を向けたのだ。

妊娠とは新たな生命をこの世に送り出すこと、つまりひとりの人間の人生がまっさらな形で目の前に開けることだ。そうなってはじめてハイディは、自分の人生が自ら選び取ったものではなかったことに気づいたのではないだろうか。いつのまにか心の奥底に芽生えていた、でもけっして認めようとしなかった疑念――私の通ってきた道は果たして正しかったのだろうか――という思いがこのときに一気に噴出したといえる。

ハイディはフェーリクスとともに脱退を決意し、ついにやり遂げる。その後ふたりは、同じように脱退したいと望んでいる人たちの役に立とうと考え、そのための支援団体を設立するにいたる。二〇一四年にふたりは結婚した。現在ハイディは保育士として働いている。ようやく、人から押し付けられたのではない、自分で選び取った人生を手に入れたのだ。

本書は二〇一七年秋ドイツで出版されるや大きな反響を呼び、たちまちベストセラーになった。その最大の理由は、これまでにも多数出版されているネオナチの若者の脱退手記とは決定的に異なっていたからである。

ネオナチとは、第二次世界大戦後もナチズムを信奉し続ける人たちを指すが、ドイツの場合、統一後に旧東ドイツで起きた移民や難民の襲撃に代表される、体制に不満を抱く極右の若者を頭に浮かべる人が多い。そのことがすでに、本書に記された事実の意外性を雄弁に物語っている。

ハイディがいわゆるネオナチではなく、いわば〈正統派のナチ〉として純粋培養されていたこと、そしてこのような組織がいまだに存続していることに世間は驚愕したのだ。さらに、中心的な存在のほとんどが知的エリートであり、経済的にも恵まれた階層であることも読者を驚かすに十分だった。また、敢然と脱退の意志を貫いたばかりか、勇気をもって自身の半生を公表した若い著者に読者は拍手を惜しまなかった。訳者もまったく同じ感想を抱いた。だが、同時にこうも思った――それだけでいいのだろうか。

いまさら言うまでもなく、ナチスは二〇世紀最大ともいえる巨悪であり、弁明の余地はないものだ。しかし、あまりにその悪が明らかなために、ともすると私たちは単純に捉えすぎる危険がありはしないだろうか。ハイディは大きな過ちを犯していた。だから、脱退した。えらかったね、よかったね。このように単純化してしまう不安を感じたといってもよい。

ごく一部だとはいえ、戦後七〇余年も経ったというのに、なぜ、このようなすでに完全に否定された思想の追随者が絶えないのか、その背景にあるものについて私たちはもっと真剣に、考えなければいけないのではないだろうか。そうすることによってはじめて、それを過去のものにするための方策も見えてくるはずだ。

ドイツはいま、急速に変わりつつある。二〇一七年九月の総選挙で、新興勢力「ドイツのための選択肢」が得票率一二・六パーセントを得て、右翼政党として戦後初めて連邦議会に進出したことはいまだ記憶に新しい。

その後も「選択肢」は支持を広げており、二〇一八年一〇月二八日のヘッセン州議会選挙の結果、一六州すべての議会で議席を獲得するに至った。なお、この選挙でのキリスト教民主同盟の大敗を受けて、メルケル首相は党首を辞任し、新党首にはより保守的とされるクランプカレンバウアー氏が選出された。

むろん、これはドイツだけの問題ではない。右傾化はいまや世界的な潮流であり、我が国も残念ながら例外ではない。

その意味でも、本書はいまこそ読まれるべき作品だといえよう。

最後に——訳者からひとこと。

あまりに意想外で特殊な世界で生きてきたハイディ。彼女の気持ちに近づくことなどできるのだろうか……。はじめ私は一抹の不安を感じていた。けれども、次の一文を読んだとき、ハイディはいきなり私のところに来たのだった。

殺伐としたこの部屋で私はときどき声を上げて泣きそうになった。あたしが望んでいたのはこんなうちじゃなかった。こんな生活じゃなかった。ごくささやかでつましい、でも、壁には風景画がかかり、キッチンにはパンケースがある、そんな暮らしだ。

この件《くだり》を読んだとき、私は胸がいっぱいになった。キッチンにはパンケース——なんというういじらしい望みだろう。でも、なんと心に響く言葉だろう。

ドイツというと、じゃがいもを思い浮かべる人が多いが、ドイツ人の主食はパンだ。ドイツはパン王国なのである。ドイツのパンは見かけは地味でしかも固いが、かみしめると味わいがあり、日持ちがする(なんだかドイツという国を象徴しているようだ)。おまけに湿度が低くカビが生えにくいため、どこの家にも保存のためのパンケースがある。

キッチンの一部であるかのように鎮座ましましているパンケースこそ、ドイツ人にとって「ふつうの暮らし」のシンボルだといってよい。

この言葉は、そういう「ふつうの暮らし」に対するハイディの切ないまでの憧れを余すところなく伝えているのだ。


訳出に当たっては、テーマに直接かかわらない部分を中心に一部割愛したことをお断りしておく。割愛するにあたり、原著者に該当部分を示した原稿を送ったところ、著者自身いずれ手を入れたいと考えており、その箇所が多く一致していたとのことで、快諾を得た。

また、本書は時系列でなくテーマ別に述べられていて時間の経過を追いにくいため、簡単な年表と地図を付けた。参考にしていただければ幸いである。

最後になったが、年表や地図の作成も含め、筑摩書房編集部の柴山浩紀さんに大変お世話になった。また、ドイツの現状については、ベルリン在住の友人、福沢啓臣・ウラ夫妻にいろいろご教示いただいた。皆さまに心よりお礼を申し上げる。

二〇一八年一二月

平野卿子

著者略歴

ハイディ・ベネケンシュタイン

一九九二年、ミュンヘン近郊の確信的なナチの家庭に生まれ、五歳から右翼団体の秘密キャンプに送られて徹底した思想教育を施される。かつての同志の多くは極右勢力の中心的な存在となっているが、彼女は脱退への道を選んだ。現在は保育士として働いている。

訳者略歴

平野卿子 ひらの・きょうこ

翻訳家。お茶の水女子大学卒業後、ドイツのテュービンゲン大学留学。主な訳書に『トーニオ・クレーガー 他一篇』、『キャプテン・ブルーベアの13と1／2の人生』（レッシング・ドイツ連邦共和国翻訳賞受賞。以上、河出書房新社）、『南京の真実』（講談社）など多数。著書に『肌断食――スキンケア、やめました』（河出書房新社）がある。

ネオナチの少《しょう》女《じょ》

二〇一九年二月四日　初版第一刷発行

著者　ハイディ・ベネケンシュタイン
訳者　平野卿子
ブックデザイン　鈴木成一デザイン室
発行者　喜入冬子
発行所　株式会社筑摩書房
東京都台東区蔵前二—五—三　〒一一一—八七五五
電話番号〇三—五六八七—二六〇一（代表）
印刷・製本　三松堂印刷株式会社

 ISBN978-4-480-83651-9 C0023